鑑賞 経営寓句

高橋潤二郎

慶應義塾大学出版会

序にかえて

鳥居泰彦

イソップやラ・フォンテーヌをもちだすまでもなく、寓話はなぞなぞやことわざとならんで古くから社会教育の一形式であった。狐や鼠などの動物を主役にして、人びとのおかしやすい失策やおちいりやすい誤謬をいましめる。動物に託して人間の悲喜劇性について語るともいってよい。

寓句の「寓」は、寓居や仮寓という言葉の示すように、本来「家」を意味し、転じて、「やどる」ないし「よせる」を意味するようになった。したがって、寓話とは、ある話にやどかりして別の話をすること、或いは、ある事柄にことよせて他の事柄について語ることといってよい。狐と鼠の話でありながら、実は人間の愚かさや哀しさについて語っている。だが、語り手は、そのことには一切ふれず、ただ暗示するにとどめる。この暗示された意味、すなわち寓意を読みとることが「寓話」の面白さであろう。

もし「寓話」が寓意をふくむ説話であるならば、寓意をふくむ発句や俳句、つまり「寓句」があってもよい筈である。そこに高橋さんの卓抜な着想があった。経営寓句とは、文字通り、経営上の寓意をふくむ句ということである。寓句をさらに経営寓句に絞ったところに、高橋さんらしさがある。

たしかに、俳諧ないし俳句を自然観照にもとづく純粋藝術とみなす立場からすれば、寓句、それも経営上の教訓をふくむ寓句など、許容しがたい存在かも知れない。だが、俳諧は、本来もっとおおらかに、人生万般にわたり四季のめぐりに託して作者の心境を詠ずるところに、その本領があったように思われる。

「俳諧は寓言也」という宗因や惟中の所説をもちだすまでもなく、元来俳諧と寓言とは唇歯の間柄にあった。たしかに、芭蕉は、和歌や連歌と同じ位をもつ俳諧美の完成に心を砕き、その結果、現代人の鑑賞に耐え得る藝術作品をつくりだした。だが、そのかたわら、全篇寓言といわれる荘子を愛読し〈物言えば唇寒し秋の風〉をはじめ多くの喩句を残している。この伝統はその後も継承され、江戸時代を通じて「名句」として人びとにもてはやされた句は、そのほとんどが何らかの人生上のいましめをふくむ寓句であった。

人びとの意志伝達が「読み言葉」よりも「話し言葉」に依存していた時代に、教育は読書よりも人生のさまざまな場面で年長者から口づてに伝えられる「ことわざ」にたよることが多かった。「当時の人びとにとって、俳諧という文藝の形式をとって語られることわざはいまよりもはるかに新鮮で刺激的であった」これが高橋さんの主張である。

このような考えからすれば、寓意をもつことは決して否定さるべきものではなく、むしろ、近世の俳諧は、教訓や諷刺をふくむ寓喩（アレゴリー）や隠喩（メタファー）をふんだんに用いることによって、幅広い大衆の支持を得ることができたともいえよう。他方、近代俳句は、こうした伝統を否定することによって、近世俳諧のもっていた文藝としての醍醐味の大半を失ってしまった。「経営寓句」はこうした時代の風潮に対する一つの異議申立の試みとも言える。

本書におさめられた文章のほとんどは、私が慶應義塾の塾長をつとめている間、高橋さんが常任理事として慶應義塾の運営にたずさわり、義塾退職後、森稔社長に請われて理事長としてアカデミーヒルズの経営に従事されていた十年余の間に書きつづられたものと聞いている。多忙な日常の中で、よくこれ程多くの寓句を選び出し鑑賞する余裕をもち得たものと驚くと共に、あらためて敬意を表したい。

高橋さんが数理・計量地理学の泰斗であり、幅広い教養の持主であることはよく知られているが、その教養が俳諧や俳句にまで及ぶことを知る人は少ないのではないか。しかし、高橋さんと俳句の付き合いは古くからのものである。高橋ゼミは経済学部のなかでもユニークな教育法で有名であったが、句作を発想力を鍛えるツールとして採用しており、浜離宮で時折開かれる句会で学生たちは短時間に一句吟じなければならなかった。そのなかに、〈あじさいは　ア　セット　オブ　フラワーズ〉という句があった。これは、その頃高橋さんが常時口にしていたシステムの定義 "System is a set of interrelated elements." をもじったものだった。もう一つ、学生の苦吟に〈Junjirou　どこにおいても　Junjirou〉があったのを憶えている。

高橋さんは、どんな役割でも普段着を着るように自然にこなしたが、他方、どんな役割を演じていても常に高橋さんであり続けた。この句は、こうした高橋さん独特の存在感を指摘したものである。師をみるは弟子に如かずということであろうか。

本書もまたそうであって、一見近世から近・現代にいたる俳人たちの逸話や作品を淡々と紹介しているように見えながら、これら逸話や作品の選び方と語り口には高橋さんらしさが色濃く表れている。幸い、各篇は独立しており、どこから読み始めても、どこで読み終えてもよいらしい。高橋さんならではの名鑑賞ぶり（時にはいささか牽強付会と思われるところもあるが）を楽しんでいただければよい。

高橋さんの文章は、ある世代の人びとにはなじみ深い言葉や懐かしい言いまわしがあって、私どもには読み易いが、若い読者には少々手強いかも知れない。ぜひとも辞書をかたわらに一篇々々を精読し、高橋さんならではの「戯去戯来」の世界を味得して欲しいと願っている。

平成二十一年弥生尽

鑑賞　経営寓句　目次

Ⅱ

Ⅲ

鑑賞　経営寓句

I

つかぬ鐘ひゞくほどふるしもく哉

貞徳

宗祇にはじまった俳諧は、宗鑑、守武を経て、松永貞徳《ていとく》（一五七一―一六五三）にいたって式目が定められたという。式目とは、「貞永式目」のように、本来鎌倉、室町時代における武家諸法度を箇条書きにした文書をさす。したがって、俳諧式目とは俳諧の吟詠上の約束事を条目化したものといってよい。といって、『俳諧式目』と題する書物がある訳ではなく、『新増犬筑波集』（一六四三）や『俳諧御傘《ごさん》』（一六五一）などがそれにあたるとされている。これらは、いずれも貞徳が初心者のために書いた俳諧入門書であり、俳諧の定義、俳言、吟詠上の規則、作例などが述べられている。こうしたテキストの出現によって、はじめて俳諧は教習の対象となった。つまり、師が教え、師について習う藝事となったのである。この意味で、貞徳は、文字通りそれ以降生まれた無数の俳諧師の生みの親であった。

貞徳は元亀二年に生まれ承応二年に没している。いわゆる元和偃武《えんぶ》をはさんで、諸国が天下統一に沸きかえる元亀、天正、文禄、慶長年間から徳川三百年の礎石が築かれた寛永、正保、慶安、承応まで、戦乱から太平の世にいたる九元を生きぬいたことになる。

現在の俳諧史はその多くが蕉風＝正風史観のもとに書かれているために、貞徳は、重頼や立圃などと共に蕉風前史に位置づけられ、彼らの作品も、蕉風によって克服さるべき存在としてしか紹介されない傾向がある。だが、貞門にはそれなりの世界がある。例えば、次の付合はいずれも『犬子集《えのこしゅう》』にのせられている貞徳のものである。

若衆の口をすふかとみえにけり
　古今の上についたかうやく

腹立や広き所をせまくして
　いらぬすみ碁を打てまけゝる

打かたげ行鍬の見事さ

判官の甲やぬぎてもたすらむ

前二句の犬つくば調、教訓調もおもしろいが、農夫の鍬を義経の兜の前立にみたてた最後の付合も捨てがたい味をもつ。

貞門が俳言（俗語）を採用し、縁語や掛詞を多用したことはよく知られているが、これに加えて、内外の古典に依拠して句をつくることがままあった。なにしろ、貞徳は、歌学を九條稙通《たねみち》、連歌を里村招巴《じょうは》、和歌を細川幽斉《ゆうさい》に師事したという大学者である。発句にも付句にもそれなりの知的仕掛けがあるのは当然であろう。

冒頭に掲げた句もその一つ、実際、この句をみて、即座にその面白さのわかる読者はそう多くない筈である。と言うのも、この句は『山海経』にある「豊山ニ鐘有リ、霜降リテ自ら鳴ル」に依拠してつくられているからである。つまり、作者は、寒夜霜が降ると鐘が自然に鳴りだすという中国の古説話にもとづき、今夜（暁）の霜をもってすれば鐘はひとりでに鳴り始めるにちがいないと興じているのである。「しもく」＝鐘木が俳言、これが「降る霜」と掛詞になっている。種をあかされれば、「そんなものか」ということである。だが、典拠を教えてもらわないかぎり、この句の趣向はもとより意味を知ることさえできない。これこそ俳諧が教習の対象となったことの意味といえよう。

釜鳴りという言葉があるように、鐘や鈴にかぎらず、金属製の器物がひとりでに鳴りだして異変を告げることは、わが国でも古くから言い伝えられてきた。いわば、金属器はさまざまな変事を告げる探知・警報機とみなされてきたのである。同じような仕組は、人間の社会や組織にも組みこまれており、大事に至らぬうちに異常事態に対処し得るようになっている。

現在、世界的に、二つの企業統治モデルが優劣を競い合っている。一つは、企業を株主のものとするアメリカ流のモデル、もう一つは、株主だけでなく従業員、下請業者、顧客、地域社会のものとみなす日本やドイツ流のモデルであるが、組織内外の様々な異常を察知する点では、多様な報知機（者）を備えている後者の方が有利といえる。

米国の金融破綻に始まった世界的な経済危機に直面し、あらためてアメリカの企業統治を疑問視する声があがっているが、実は、これまでにも、それが決して唯一の普遍的モデルではないことを多くの識者が主張し、幾度となく警鐘を鳴らしてきた。

とすると、探知・警報の仕組みもさることながら、重要なのは、何よりもまずわれわれ自身が「聞く耳」をもつことなのかも知れない。

あれ聞けと時雨来る夜の鐘の声　　其角

白露や無分別なる置き所

宗因

西山宗因《そういん》（一六〇五—一六八二）が生れたのは慶長年間。元亀年間に生れた貞徳におくれること三十四年、正保年間に生れた芭蕉にさきだつこと三十九年、貞徳を親とすれば宗因は子、芭蕉は孫にあたる程の年齢差がある。前身が連歌師であったという意味では宗因は貞徳に近いが、談林派の総帥という点では芭蕉に近い。貞徳が俳諧の連歌からの独立をはかり、芭蕉がこれを完成させたとすれば、宗因は、談林という新風を吹き込むことによって、俳諧を文藝の一ジャンルとして確立させたともいえよう。

談林俳諧は近世のシュルレアリスム運動ともいうべき藝術運動で、俳諧を言語遊戯とみとめた上で、俗言卑語はもとより漢語やオランダ語までとり入れて語彙をひろげると共に、これによって得られる多様な連想を自由に表現し、その上でかもしだされるメタポエムの世界を楽しむものであった。

眼前の事物をそのまま句の中に詠みこむのではなく、まず一つの言葉をえらび、次いで連想によってこの言葉を他の言葉におきかえる。この連想による置換をくりかえすことによって、最初の言葉とは異なる意味をもつ言葉が次々と生みだされる。こうして得られたいくつかの言葉を取捨選択し順序づけることによって、当初は予想だにしなかった新しい意味空間をもつ句がつくりだされる。これが談林派の句法であった。当然のことながら、こうした句法の採用によって、談林派の作句は、それ以前に比べはるかに高踏かつ洗練されたものになった。だが、同時に独善的かつ難解なものになったことも否めない。

談林派の多様な、時には突飛な連想を生みだす共通の基盤となったのは漢詩と謡曲についての知識である。特に宗因は、謡曲を俳諧の源氏物語として門下にその精読を推奨した。実際、宗因の句には謡曲を下敷きにしているものが少なくない。例えば、江戸談林派への挨拶句として知られる、

されはここに談林の木あり梅の花

花むしろ一見せばやと存じ候

は共に謡曲調の言葉づかいがもちいられている。後者にいたっては、「そもそも是は奥州方より出たる俳僧にて候、我いまだ都方の俳諧を見ず候程に、此春思立都へのぼり候、又よき次なれば江戸のはいかいをも一見せばやとぞんじ候」という前書がついている。花むしろとは花ござ、或いは花があたり一面に散り敷いた様子をいう言葉だが、ここでは花見の宴席を囲う女衣裳のこと、当時の貴人や富商は、花見にあたって、樹間につなをはり女衣裳をかけ、その中で酒宴をもよおしたが、この女衣裳を花むしろにみたてたものである。

宗因には、このように、一見しただけでは趣向がわからない句が少なくないが、その点、冒頭に掲げた句は誰にもわかりやすい。露は気温が氷点下にさがり、大気中の水蒸気が凝固して物の表面に付着してできる。したがって、放射冷却のおこる夜間に生ずる夜露が本命であり、朝露は夜露のなごり、夕露はそのはしりともいえる。「都由《つゆ》」と表記された万葉以来、露は小さくはかない美しさの象徴であった。だが、その置き所は全く無作為であり、御所のきざはしや庭前におりるかと思えば、泥道や肥担桶の上にも結ばれる。人間のつくりだした差別をこえたコンテクストフリーな露の置き方を「無分別」の一語に集約したものであろう。

と言うと、話がどうも分別くさくなるが、露はまた江戸初期用いられた少額貨幣である豆板銀のことであり、転じて祝儀や心付けをも露と呼んだ。そんな意味合いが「白露」の裏にかくされている……と考えると、この句はまた別の風合をもってくる。
マスコミによる情報操作にもとづく大衆支配が問題視されて久しいが、テレビ局の番組編成にたずさわっている友人たちに言わせると、「そんなことはあり得ない。視聴者を先導するどころか、視聴者についてゆくのがせいぜいで、それさえおぼつかないのが現状だ」と言う。実際、テレビ局は不特定多数を対象に一方的に送信するだけで、特定の視聴者にこたえた情報を配信しているわけではない。言ってみれば、海に大量のいくらをふりまいているようなもので、たまたま孵化の条件にあったところに落ちた少数の卵は稚魚となるが、ほとんどはそのまま死滅してしまう。卵が何処で孵化するかをあらかじめ知ることはできないし、ましてどの卵が孵化するかは全く見当がつかないと言う。言い換えれば、現代のマスコミも或いはそこに広告をのせている企業もまた「白露」の置き方と同じ原理にしたがっていることになる。こうした事情は特定多数にメッセージを配信するＤＭでも変わりない。

白露や茨の刺にひとつづつ

宗因におくれること一世紀余、蕪村の目に映じた露の置き所である。

年の内へ踏みこむ春の日脚かな

季吟

年内立春の句。立春は二十四節季の一つで太陽の黄経が三百十五度のときをいう。現行の太陽暦では二月五日前後になるが、旧暦では春すなわち新年がこの日から始まるものとされた。八十八夜や二百十日などもこの日を基準にして数えられたものである。

もともと太陰暦と太陽暦を折衷した旧暦は古代中国で発明され、気候条件の異なるわが国に導入されたものである。したがって、暦上の節季と現実の季節感との間には相当のへだたりがあり、これが往時の知識人を悩ませたり苦笑させたりしたものと思われる。特に旧暦では、立春が新年ではなく旧年中にくることがあり、この場合「新年＝春、旧年＝冬」の図式が狂い、旧年＝春というまことに奇妙な事態が生じてしまう。

『古今集』冒頭の在原元方の、

年の内に春は来にけり一年を去年とやいはん今年とやいはん

はこの矛盾をついた座興の歌である。これ以来、「年内立春」をうたった歌を春の部として歌集の巻頭におくならわしとなった（連歌俳諧では冬の部に入れられる）。

元方の歌は、明治になって正岡子規から「実に呆れ返った無趣味の歌に有之候。日本人と外国人との合いの子を日本人とや申さん外国人と申さん」と言ったのと同じで、「しゃれにもならぬつまらぬ歌にて候」とこっぴどく批判された。

だが、そういう子規自身が、〈あすの月きのふの月の中にけふ〉などという句をものしているのだからおもしろい。

北村季吟《きぎん》（一六二四―一七〇五）は近江の医家に生まれた。医家とはいいながら北村家は代々文藝に親しみ、季吟自身も若い頃から連歌をたしなんだ。俳諧は、はじめ松永貞徳の弟子である安原貞室に学び、その後京にでて貞徳の直弟子となり、貞門の七俳仙の一人とうたわれるに至った。しかし、俳人というよりは、『伊勢物語拾穂抄』『源氏物語湖月抄』や『枕草子春曙抄』など、わが国古典文学の解釈を集大成した倭学者として名高く、芭蕉が若い頃つかえた藤堂良忠（俳名蝉吟）の師としても知られている。

季吟が生まれたのは大坂城が落ちてからわずか九年後の寛永元年、没したのは元禄をこえた宝永二年、室町まで続いた尊卑貴賎の別が意味を失い、貴族、僧侶に加えて、士農工商、日葡辞書によれば、サブライ、ノウニン、ダイク、アキビトなどが文藝の担い手としてあらわれてきた時代であった。

宗祇以来、宗鑑、守武を経て、俳諧はこの新たな担い手の間に普及し始めてはいたものの、依然として連歌の余興とみなされていた。つまり、当時の人々にとって連歌を詠むことはまともな藝術行為であったが、俳諧はその合間に息抜きとして行われる、戯言《ざれごと》にすぎなかった。とすれば初期の俳諧がその趣向を専ら機知や諧謔に求めたのは当然であった。

とはいえ、宗鑑の『犬筑波』にみられる卑俗な笑いを潜り抜け、貞徳の式目化もあって、人々はより高尚な笑いを求め始めていた。小西甚一博士は、名著『俳句の世界』で掲出句を取り上げ、「現代人は、どこがよいのか理解いたしかねようけれども、連歌的な美しさに親しんだ眼で見れば、結構これで良い味なのである」と述べておられる。

たしかに、一連の貞徳派の句、

萎るるは何かあんずの花の色　　　　貞徳

歌いくさ文武二道の蛙かな　　貞室

春雨を親とて苔のむす子かな　　貞好

などに比べれば、季吟の句ははるかに洗練されており、句品も高い。だが、それにしても現代の読者にとって、この句はあまりにも平板で印象が薄い。その一つの理由は「踏みこむ」と「日脚」が共に俗語としての鮮度を失ってしまったためであろう。元来日脚には二つの意味がある。一つは雲の間や戸の隙間から差し込んでくる日光、もう一つは太陽が東から西へ移る動きないし速さのことで、転じて昼間の長さをいう。これら二つの意味を交響させつつ、暗く冷たい冬のしじまの中に春がその長い日脚を延ばし、無遠慮に踏み込んでくる……当時の人々はこの句からストラビンスキーとまではいかないにしても、春のもつある種の狂騒を感じとっていたかも知れないのである。言葉もまた時代の産物である。かつては新鮮であった言いまわしも時代の変わるにつれて、その色があせてくる。

季吟のこの句は、身をもって時の経過に伴う言葉をめぐる感受性の褪色を寓意しているように思われる。

跡々は思案もなしに下りる雁

猿雖

芭蕉は三十代で江戸に下り、四十代を通じて、尾張、美濃、近江、京、加賀などを行脚し、次第に独自の蕉風をかたちづくると共に各地に多数の門弟を残した。伊賀上野は生国ということもあり、行脚の途中に必ず立寄り、心を許した門弟も多かった。その筆頭は『三冊子』を著した土芳であるが、窪田猿雖《えんすい》（一六四〇―一七〇四）も伊賀蕉門を語るには欠かせぬ人物である。

猿雖は別号意専、通称内神屋《うちのかみや》惣七郎、粕屋市兵衛を名のる卓袋とともに上野在住の富商であり、芭蕉にとっては弟子でありパトロンでもある、伊賀の杉風とでも言うべき存在であった。それだけに、芭蕉の信頼も厚く、親密な関係を思わせる書簡が多数残されている。例えば、元禄五年十二月三日付の手紙で芭蕉は「卓袋が赤味噌のとろろ汁もなつかしく罷成候。京屋ぬき味噌くはるる時節に罷成候」と故郷の季節の味に言及し、また、元禄四年四月二十日付の書簡では『笈の小文』の旅程を詳しく知らせると共に、芭蕉の俳画の中では逸品といえる「万菊丸いびきの図」を描きそえており、両者が心おきなく何事も言いあえる仲にあったことをうかがわせる。猿雖の句は、

川淀や淡《あは》をやすむるあしの角

桶の輪の一つあたらし年のくれ

など、たしかに目のつけどころはよいし言葉づくりに工夫がみられる。だが、どこか小さな世界に閉じこもっている憾がある。その中で、『続猿蓑』に入集した、

あれあれて末は海行野分哉

は、山を分け野を分け駆け下ってきた激しい初嵐が岸辺の葦原を縦横になぎ倒し、なお余勢をかつて海（湖）面をかき乱して行く有様を活写したものである。露伴は言水の〈木枯

の果はありけり海の音〉の「餘唾」とけなしているが、これは、『続猿蓑』を「其人となり貞実篤厚ならぬ」支考の偽撰とみなす露伴の八つあたりとでも言ってよい評言で、矢張猿雖の代表作であることはまちがいない。

と同時に、猿雖は、〈みのむしの茶の花ゆへに折られける〉といったかすかな寓意のただよう小品も残しており、掲出句もその一つである。

雁は鴨とならんでわれわれには親しみ深い水鳥で、マガン、ヒシクイ、コクガンなど、秋になると群をなして北方から飛来し、各地で冬を過ごし、春になるとまた北国へ飛び去ってゆく。このこともあって、雁は古来遠方からの便りを運ぶ使者だとみなされてきた。また整然と雁行をなして飛ぶことから、中国では「飛ンデハ則チ序有リ」と言われ、礼節の象徴とみなされてきた。

だが、そんな雁も身近でみるとかなり異なった印象をもたざるを得ない。特に、着水にあたって、先頭に続いて次から次へ列をみだして降りてくる有様は、初雁や帰雁など古典的なイメージとはかけはなれた騒々しさであり、風情のないことおびただしい。たしかに、先導をつとめる一羽こそ慎重に周囲を見究め降りてくるのかも知れないが、後続する連中には到底そんな様子はみられない。見さかいもなく、「後へ続け」とばかり降りてくる。この追随性を「思案もなしに」と擬人的に表現したところに、寓句としてのおもしろさがある。

追随性は、鳥類にかぎらず、魚類、哺乳類など、群れをなす動物に共通にみられる性向で、われわれも例外ではなく、より広い概念である模倣性とともに人間に遺伝的に組みこまれている。群集心理研究の創始者であるギュスターヴ・ル・ボンは、この追随性にともなう伝播を感染にたとえて、「人間は、動物と同じく、本来模倣性に富んでいる。模倣性は、人間にとっては一種の要求となっている。ただし、いうまでもなく、この模倣性が容易である、ということを条件とする」と述べている。

流行という大規模な追随現象は、それが、髪型であれ服装であれ、単に「まねしたい」という要求をみたすだけでなく、これに加えて誰にも「まねしやすい」ものである時にのみひきおこされる。つまり、「誰にもできる」ことが流行を生む不可欠の条件である。流行がしばしば幼稚性のあらわれとみなされるのはこのためだといえよう。

紀の路にも下りず夜を行く雁ひとつ　　蕪村

追随性が抜き難く自分自身の中に組みこまれていることを知るために、われわれは、その対極にある孤雁の境地にあこがれるのであろうか。

神力誠を以息の根留る大矢数

西鶴

井原西鶴（一六四二―一六九三）は、『好色一代男』で知られる浮世草子の作者であるが、俳諧師としても、談林派の雄として知られ、特に一定の時間内で独吟数をきそう矢数俳諧では、無二の名をほしいままにした。西鶴の句といえば、誰でも次の句を思いだす。

大晦日定めなき世の定め哉

浮世の月見過しにけり末二年

ともに、兼好の『徒然草』に依拠したいかにも西鶴らしい「名句」である。だが、俳諧師としての西鶴を有名にしたのは何といっても矢数俳諧の業績であった。

大矢数の特色である速吟はそれ自体きわめて厳しい拘束条件である。この条件を満たすためには語彙や典拠にこだわらず、破調を気にせず、次から次へと無限に句を吐きつづけねばならない。しかも、それは単なる言葉の羅列ではなく、参集した見物衆にも理解される最小限の意味をもつものでなければならない。

たびかさなる大矢数の興業を通じて、西鶴は次第に連句とは異なる散文固有のリズムの面白さを体得し、過去の文藝作品よりも現実の世相に題材を求めることによってはるかに多様で面白い表現世界をかたちづくることができることに気づいたのであろう。

西鶴がはじめて速吟を試みたのは延宝三(一六七五)年亡くなった妻の追悼句集『秋吟一日千句』を仕上げたときであった。だが、矢数俳諧という名称が一般化したのは、大坂生玉の本覚寺で一昼夜二千六百句を独吟してからのことである。以来、大矢数をめぐる競合は談林派内の覇権争いも加わって白熱化し、紀子の二千八百句、三千風の三千句へと拡大する。

これに対抗し、西鶴は延宝八(一六八〇)年昼夜十二時四千句の記録を達成することになる。この興業には、指合見五名、脇座十二名、執筆八名の他、目付、医師、線香見など総勢五十五人に及ぶ役人をそろえ、季因はじめ七百人の俳諧師が出席し、数千をこえる見物が参集したといわれる。

射てみたが何の根もない大矢数

これがこの一大事をなしとげた後の西鶴の感想であった。

だが、彼の大矢数への執着はとどまることなく、四年後の貞享元（一六八四）年には大坂住吉神社で一昼夜二万三千五百句という超人的な記録をうちたてるにいたった。

これはまさに前人未到の金字塔であり、三秒あまりのうちに一句を吐くというあまりの速吟に記録係がついていけず、紙面に棒をひいて句数を数えるのみという始末であったといわれる。二十世紀のシュールレアリズムの自動書記の先取り、あるいは往古の神意を伝える巫の再来というべきか。この日西鶴の口から吐き出された二万三千五百句は文字通り神がかりの囈言であったに相違ない。そしてこの囈言を生み出す憑依の恍惚境の体験こそ、実は西鶴が大矢数にひかれた最大の理由であったのではなかろうか。

住吉社前の大矢数のうち、後世に伝えられたのは最初の一句のみ、これが掲出句である。まず上五のあまりの破調ぶりに驚かされるが、これはまず「神力」と唱え、一息おいて、「誠を以って」と詠みあげるべきなのであろう。誠とは自らの信ずる守武以来の俳諧正風ないしそれを貫き通そうとする誠意のこと、神力のもと誠をもって大矢数の息の根を留める、つまりこの句は西鶴が自らはじめた大矢数をその極北を究めることによって自ら終止符をうつことを住吉宮の祭神に誓ったものといえる。俳巫西鶴の大矢数にかける覚悟のほどがうかがえる。

経営の基本は、収益分岐点をこえる売上高の確保にある。その限りですべての経営者は、「矢数」を競っているともいえよう。だが、その中でほんの少数の選ばれた者だけが、新機軸をうちだすことによって「大矢数」に挑む機会をつかむことができる。商品、店舗、催事いづれにせよ新規事業には不確定な要素がふくまれる。完璧を期して準備してもなおのこる大きな不安、それは基本コンセプトが正しいか否かにかかわるものである。それだけに成功した時の喜びも大きい。

「まるで原油を掘りあてたように需要が絶え間なく湧き出てくる」

こうした稀有の恍惚境を味わった一人の経営者の実感である。自己のメッセージに対する明確な反応、というよりも、自分のアイディアが人びとの間を駆けめぐっているうちに、次第に意味を変え、最終的に大衆の欲望に裏打ちされた巨大な「需要」をつくりだしてゆく。そうした過程を目のあたりにして、人びとは自負よりも自らの卑小さと人為を超えた何者かの存在を実感するものらしい。「神力誠をもって」という誓願と感慨は現代社会にも通用するものと言えよう。

この道や行人なしに秋の暮

芭蕉

俳人としての松尾芭蕉（一六四四―一六九四）の生涯は大ざっぱに三期にわけられる。一期は伊賀上野の宗房時代、二期は江戸市中在住の桃青時代、そして三期は深川入庵以降の芭蕉時代、それぞれほぼ二十代、三十代、四十代にあたるが、この間に、彼の俳風は貞門、談林、そして独自の蕉風へと変化した。

現在知られる芭蕉の最も古い句は寛文二（一六六二）年の作、

二九日立春ナレバ
春やこし年や行《ゆき》けん小晦日《こつごもり》

小晦日とは大晦日の前日のことである。前書から知られるように、これはいわゆる年内立春の句。いかにも貞門の規矩通り、行儀正しい宗房十九歳の習作である。

第二期はほぼ延宝年間にあたるが、この時期の作例として、

實《げに》や月間口千金の通り町

通り町は筋違橋から金杉橋に至る江戸の本通り、明暦の大火後二十年を経て、室町、日本橋、京橋、新橋などに大小さまざまな商店がたちならび、特に日本橋近辺は文字通り間口千金の大店が櫛比していた。この句は、蘇東坡の「春宵一刻値千金」を秋宵に転ずると共に、「土一升金一升」の土地柄に掛けたもの。延宝六(一六七八)年立机したばかりの桃青三十五歳の作である。其角の作と言っても通りそうな、伊達で派手やかな仕上りになっている。

こうした句風が、深川入庵後わずかのうちに、四十三歳の「古池」や「名月」といった独自の句風へと変化してゆく

芭蕉の三十代と四十代の俳風の相違は、彩色画と水墨画のそれにたとえることができる。同じ絵画でありながら、水墨画の世界は彩色画とは全く異なる美的公理のもとに構築されている。蕉風とは言ってみれば、墨一色であらわされる水墨画の世界を俳諧の中にもちこ

み、実現しようという試みであったとも言えよう。

と言っても、晩年の芭蕉がつねに「閑寂」の境地にのみ沈潜していた訳ではない。きわめて世俗的な挨拶句や餞別句、喩句や寓句の類もつくっている。例えば、

頓《やが》て死ぬけしきは見へず蝉の声

両の手に桃と桜や草の餅

この秋は何で年よる雲に鳥

寓句の魅力は二つの力——寓喩上の説得力と感性的な訴求力の合成から生まれるが、これらの句は見事にこの条件をみたしている。芭蕉は寓句作家としても一流であったといえよう。

「この道や」は、こうした寓句作家としての芭蕉がその生涯の終わりに近く弟子たちに残したメッセージである。

『おくのほそ道』の旅を終えた芭蕉は、彼の水墨俳諧を支えるデザイン・モティーフを

さび、しほり、ほそみとして説き、「不易と流行」の説を提出し、更にかろみという新たなモティーフにもとづき、その作品化をはかろうとした。自己のまえにくりひろげられる言語世界の可能性に魅せられた芭蕉は、周辺にその興趣を説き、共にその深奥を究める道を歩むことを期待する。だが、この期待はみたされず、師と志を同じくし、行をともにしようとする弟子たちの数は少ない。

なぜ、彼らには自分にとって自明なこの美的世界のおもしろさがわからないのかというぶかしさ、そのおもしろさを作品としてつくりあげることのできぬもどかしさ、更に、人生の暮れ方に近づいた人びとに共通のさびしさとあきらめ、そうしたさまざまな想念や情感がこの一句の中にこめられているように思われる。

晩年の指導者が新規事業や活動に情熱的に取組み、人びとにその意義を説き、積極的参加を呼びかける。だが、もう一つ周囲の共感を得られない。自らの夢を伴走者ではなく、いまだ現われぬ継走者に託さざるを得ない。こうした事態は、芸術や学問だけでなく、政治、経営の分野でもよくあることである。

周知のように、この句には「所思」という前書がつけられている。この「所思」の二字に先駆的な指導者に共通する自負と諦念のないまぜになった感懐を読みとる読者も少なくないのではなかろうか。

いねいねと人にいはれつ年の暮

路通

建部涼袋の『芭蕉翁頭陀物語』は芭蕉とその門弟たちの逸話を集めたものである。芭蕉没後半世紀あまりを経ていることと涼袋が奇談小説の類に興味をもっていたことから、真偽のほどはたしかではない。むしろ虚実おりまぜた達意の文章におもしろさを見出すべきものだろう。

たとえば、次の逸話もその一つ。

芭蕉の初七日が大津の義仲寺でいとなまれた折、乞食坊主の路通もその場に駆けつけたが、日頃の不行跡もあって、本堂でおこなわれた法要への列席を拒絶され、これを怒った路通が地元の侠客をひき連れて堂上に乱入した。すると、其角が「文台を躍り越えて、十徳の袖高くはさみまくり、手に短剣を抜いて侠客に立ちむかふ。支考、丈草袂にすがれば、洒堂、正秀侠客をふせぐ」という次第となった。その時、其角は「そも武城に日本橋あり、日本の人その橋を過ぎざるはなし。（中略）汝ら去らずんば物みるべし」と威勢のいいタンカをきったという。

もとより、涼袋の創作であろうが、いかにも江戸っ子のよろこびそうな物語ではある。ここに悪役として登場する斎部《いんべ》（八十村）路通《ろつう》（一六四九―一七三八）は、その氏姓からもうかがわれるように神官の出とも考えられるが、出生地、経歴とも不詳の乞食坊主で、長年にわたって漂泊生活をつづけ、三十八歳の時たまたま近江を旅行中の芭蕉に出会い、門弟に加えられた。

この湖南での出会いも、『頭陀物語』によれば、

「おきな一とせ、草津、守山を過て、松陰に行やすらふ。かたへをみれば、いろしろき乞食の草枕涼しげに、菰はれやかにけやりて、高麗の茶碗のいと古びたるに瓜の皮捨て入、やれし扇に蠅をひながら、一ねぶりたのしめる也」

と、路通がいかにも蠱惑的なトリックスターでもあるかのように描かれている。

当時、『野ざらし紀行』の途上にあって、芭蕉の漂泊への思いは異常な程のたかまりを示していた。旅中に偶然出会った「いろしろき乞食」に、彼が日頃からあこがれていた旅を栖《すみか》とする風狂人の実像をみたとしてもおかしくない。少々おおげさに言えば、芭蕉は路

通に俳神が乞食の姿に身をやつして現われたような思いをもったのであろう。

こうした芭蕉の「思いこみ」は『曠野集』巻の一の巻頭に、貞室の〈これはこれはとばかり花の吉野山〉と信徳の〈薄曇りけだかくはなの林かな〉の間に、さして秀句とも思われぬ路通の句、

我ままをいはする花のあるじ哉

をおくという破格の扱いをしていることからもうかがわれる。

だが、師のこうした「思いいれ」は必ずしも門弟たちによって理解されていた訳ではなかった。しかも、路通には、人生の一時期放浪の日々を送った人間にありがちなわがままな言動があり、加えて出世の僧にしてはあまりにも俗念がつよく（後に還俗してしまう）、やがて門人たちの不評をかうことになる。それが、義仲寺の法要にあたっての騒ぎをひきおこすことにつながったのである。

冒頭にかかげた句は路通の代表作であるが、これまた『猿蓑集』巻之一「冬」の掉尾をかざり、其角の〈やりくれて又やさむしろ歳の暮〉と杉風の〈年のくれ破れ袴の幾くだり〉の間に掲載されるという栄誉をあたえられている。

「いねいね」は「往《い》ぬ」ないし「去《い》ぬ」の命令形で、「あっちへいけ」の意であり、歳末人びとが忙しく立ち働く中で、店頭にたたずむことさえ許されぬ乞食坊主の境遇を自吟したものとして、数ある歳暮句の中でもユニークな存在となっている。

だが、それだけでなく、われわれは、ついこの句に芭蕉の厚遇をうけながら門人仲間からは疎まれる路通の姿を重ね合わせてしまう。つまり、この句から、リーダーに特別扱いされながら、グループメンバーからはなかなか受容されない新参の悲哀と疎外感を汲みとると共に、他方リーダーの思いこみによって、さして才能があるとも思われず、人格的にも疑問のある人物をうけいれざるを得ない既存のメンバーのとまどいや不満をも読みとってしまうのである。組織の活性化のために新たな人材の導入は不可欠であるが、人物の登用にあたって、忌避すべきは、一に友人、二に貴人、三に老人と聞いたことがある。或いは、これに旅先で偶然出会った異能の人をつけ加えてよいのかも知れない。

手に取るなやはり野に置け蓮華草

人口に膾炙《かいしゃ》した瓢水の句が思いあわされる。

あながちに鵜とせりあはぬかもめ哉

尚白

芭蕉は三十代で江戸に下り、其角、嵐雪をはじめとする門弟を育てたが、四十代になると江戸を離れ旅にでることが多くなり、尾張、伊賀、京、近江、加賀などを歴訪し、各地に多数の弟子を残した。これら蕉門と称せられる弟子たちは、だが、俳歴はもとより師に接する時期、影響の度合も異なっていたため、その作風は必ずしも一様ではない。特に、古参の弟子の中には、『冬の日』から『猿蓑』を経て『炭俵』へと芭蕉が急速に句風を変える過程で、その変風についていけず疎遠になったり離反する者も少なくなかった。

江左《えさ》尚白《しょうはく》（一六五〇—一七二二）は近江蕉門、その中でも大津、膳所、堅田在住の門弟からなる湖南蕉門を代表する俳人であったが、彼もそうした不幸な弟子の一人であった。

尚白は、芭蕉が『野ざらし紀行』の旅の途中大津を訪れた際、堅田の寺僧千那とともに入門した。その後、大津が交通の要所であったことから、各地の俳人たちとの交遊を深め、近江、加賀、若狭、京、伊勢など二十七国三百余名におよぶ俳人の発句を収めた『孤松』を刊行し、また、『阿羅野』、『猿蓑』にも多数の自句を入集すると共に、乙州、正秀、珍碩《ちんせき》（のちの洒堂）などの若手を蕉門にひきいれることによって、湖南蕉門の形成に貢献した。

尚白は京都談林派の雄であった伴天連社高政の指導をうけたせいか、なかなかのレトリシアンで一見無造作でありながら含意に富む巧妙な句づくりにたけており、蕪村の句を先取りしたような、

只白き扇をこのむ女かな

大正期の童画家川上四郎の絵を思わせる、

こがらしや里の子覗く神輿部屋

更に、上品な諧謔をしなやかな言いまわしでつつみこんだ、

など、平明ながら微妙なニュアンスをもった句が少なくない。

だが、こうした実績にも拘らず、或いは、それ故に、尚白は次第に湖南蕉門の中で孤立し、芭蕉との関係も冷えこんでいく。その一つのきっかけは、『おくのほそ道』を終えた芭蕉が湖南地方に滞在し、正秀、珍碩、乙州、曲水を直接指導したことに求められる。孫弟子にあたる人びとが直接師の師にあたる人物と接することによって、その人柄と学識に傾倒するあまり、それまで指導してきた師を軽んずることはよくあるが、これと同じことが尚白と若手グループの間に生じたのである。また、芭蕉には、自己の新風を古参の弟子に説く労をいとい、むしろ、素直にこれを受け入れる若手を鼓吹して実験を試みる傾向があった。

いずれにせよ、彼らの親交が深まるにつれて、仲介役としての尚白の影は薄くならざるを得なかった。洒堂編『ひさご』はこの交流の成果であったが、歌仙に尚白、千那は招かれておらず、普通ならば、尚白が頼まれて然るべき序文も越人が書いている。

こうした人間関係をめぐるゆきちがいに端を発し、その後、『去来抄』に語られている芭蕉の句〈行春を近江の人とおしみける〉をめぐる意見対立、尚白の自撰句集『忘梅』の千那序文をめぐる確執を経て、芭蕉と尚白の関係は修復のきかぬところまでこじれてしまう。そして、元禄四年九月二十日付千那宛書簡で、芭蕉が、自ら手をいれた千那の序文に「ここに江左尚白は、我師芭蕉の門に入て」とある条にふれて、「芭蕉門に入てと云處尚白心入も候はば御除きなさるべく候」と書く事態にまでいたったのである。

掲出句はこうした事情をふまえたものではないが、その寓意はあきらかである。鵜や鷗は誰にもなじみ深い水辺の野鳥であり、種類も多いが、ここではカワウとユリカモメのことだろう。忙しく水にもぐり餌をあさりつづける黒鵜に、のんびりと波間にうかび、悠々と空を舞う白い鷗を対比して、あえて競わぬ心境をうたったものである。

経営者にかぎらず、一定の社会的地位と役割をもつ者は絶えずさまざまな挑戦にさらされる。それが応戦に値いするものであれば、ただちに断固とした対抗策をとる。だが、少々始末に困るのは、必ずしも応戦に値いしない無分別な若い世代のマウンティング行動である。ＭＢＡの資格をもち外資系企業で働いた企画部の若手が得々と流行の経営論や投資理論を述べたてる。彼らを一喝したくなる現場担当の苛立ちもわからぬではないが、そんな時、この句を口の中で呪文代りにとなえ、はやる心を静めるのもよいのではなかろうか。

鶯や雀よけ行く枝うつり　　去来

振舞や下座に直る去年《こぞ》の雛

去来

向井去来《きょらい》（一六五一―一七〇四）は本名兼時、肥前長崎の儒医向井元升の次男として生れた。その後、向井家は京に居を移したが、兼時は十六歳で筑前黒田侯につかえる叔父久米諸左衛門利品の嗣子となり、約十年間福岡で武藝修行にあけくれる日々を送った。二十五歳の時、久米家に跡継ぎが生れたため、京都の実家にもどり、医家として成功していた兄の元端の庇護のもと、以後仕官することなく一俳徒としてその生涯を送った。

去来が蕉風に接したのは三十代になってから、たまたま上京した其角と知り合ったのがきっかけで、その後江戸に下り芭蕉に対面し、短い間ではあったが蕉門の人びとと親交を深め、『続虚栗』、『あれ野』に入集を果した。帰京後、上京した芭蕉を嵯峨野の別荘落柿舎にむかえ、親しく教えをうけ、四十歳で凡兆と共に『猿蓑』の編集にたずさわり、蕉門の高弟としての地位をゆるぎないものにした。

芭蕉の門下としての去来の功績は、何と言っても、『旅寝論』、『去来抄』など秀れた俳論書を残し、芭蕉の俳諧論と実作にあたっての指導ぶりを後世に伝えたことにある。だが、彼は作句にも秀れ、さまざまな題材について工夫をこらした佳句を残している。たとえば、同じ「しぐれ」を扱っても、

鳶の羽も刷《カイツクロヒ》ぬはつしぐれ

凩や地にもおとさぬしぐれ哉

しぐるゝやもみの小袖の吹きかえし

一《ひと》しぐれしぐれてあかし辻行灯《あんど》

にみるように、まるで別人の作であるかのような仕上げになっている。

このうち、「凩や」の初案は「地迄落さぬ」であったが、芭蕉が「迄といへる文字は未

練の叮嚀なれば」或いは「地迄とかぎりたる、迄の字いやし」と評し、「地にもおとさぬ」となおしたものであり、芭蕉の至芸ともいえる斧正ぶりを伝えている。

また、去来は述懐句にも秀れ、

元日や家にゆづりの大刀帯《は》かん

鎧着てつかれためさん土用干

秋風やしらきの弓に弦《つる》はらん

など、一連の「ン」ものをつくっており、いずれもかつて武士であった去来の気概を示すものとして捨てがたい味をもっている。去来がどの程度の武藝を身につけていたか、少々気になるところだが、亡父の墓参の途上、聖護院付近で畑仕事をしていた農夫に突然襲いかかってきた手負いのいのししを、喪中ではあったが、一刀のもとに仕留めたという逸話が伝えられており、若い頃の修練が並々ならぬものであったことをうかがわせる。

こう言うと、いかにも物固い武士気質の持主というイメージがうかびあがってくるが、去来には、若い頃具足を売って傾城遊びをしたという一面もある。実際、去来の内妻の可《か》南《な》女は遊里の出身であった。

掲句は、こうした去来が可南と二人の娘と共に京の寓居でむかえた雛祭の際の観相句であり、不玉宛の手紙に「家久シキ人ノ衰《オトロエ》テ、時メク人ノ出来《イデク》ルハ、古今ノ習ナリ。今日雛ニ依テ感吟ス」とあるように、去年は上段に居た筈の雛がその座を新しい雛にゆずり、今年は下段につつましくひかえている……その姿に人の世の盛衰を重ね合わせたものである。

世代交替にともなう地位や役職の委譲は、あらゆる組織に共通にみられる現象であり、それによって組織の永続性がたもたれる。とは言え、前任者と後任者の間には、たとえ、その交替が円満に行われたにせよ、しばらくはある種のぎごちなさが残り、周囲の人びとに何かと気をつかわせるものである。そんな時、自ら下座になおるという前任者の振舞いが上座につく後任者への最大のふるまいとなる。それがこの句の含意とみたい。

上五文字の「振舞や」については、当初「恥しや」「口惜しや」また「はげ烏帽子」など案じたが、納得がゆかず、師に教えを乞うたところ、たしかにこの五文字は十分でない。しかし、あまりこれにこだわると、信徳のように「人の世や」とおくことにもなりかねぬ。この辺で堪忍すべきだと言って、「振舞や」のまま『猿蓑』に入集したといわれる。

春宵の一刻をついやして「振舞や」に代る五文字を工夫するのも一興であろう。

上行くと下くる雲や秋の空

凡兆

野沢凡兆《ぼんちょう》（?—一七一四）はいわゆる京蕉門の一人。芭蕉の弟子には維然や路通など変人、畸人が少なくないが、凡兆もその一人、なかなか一筋縄では理解しがたい人物である。金沢に生れ、京都にでて、医を業としたといわれる。はじめ其角や去来と交わり芭蕉に師事するにいたったが、たちまち頭角をあらわし、去来と共に『猿蓑』の編者となった。

周知のように、『猿蓑』は俳諧七部集の白眉とされ、表題となった〈初しぐれ猿も子蓑をほしげ也〉をはじめ、芭蕉の発句は四十句ほど採録されている。だが、凡兆の発句は、これをこえて四十一句もとられている。もう一人の選者である去来の句が二十五句、序と跋をよせた其角と丈草の句がそれぞれ二十四句と十句しかとられていないことを考えると、この数はいかにも多い（ついでに言えば、凡兆の妻である羽紅の句も十二句入っている）。当時の凡兆が余程の発言力をもっていたことをうかがわせる。

もともと、去来はその性格が篤実、間違っても師の言葉にさからうことはなかったが、凡兆はこれに対しはるかに自己主張が強く、『猿蓑』の選句にあたっても自己の意見をまげることなく、芭蕉に対してもおそれず反論したといわれる。芭蕉もその態度を少々片腹痛く思っていたのではあるまいか。

有名な〈下京や雪つむ上の夜の雨〉にまつわるエピソード。はじめこの句には上五文字がなく、芭蕉をはじめ弟子たちがいろいろ案じたが、ついに芭蕉が「下京や」とおくにいたった。「はぁ」とは言ったものの納得のゆかぬ風情の凡兆に対して、芭蕉が、「兆、汝、手がらに此冠を置くべし。もし勝るものあらば、我二たび俳諧を言うべからず」と言い切ったという。芭蕉に似合わぬいささか高調子なこの断定は、日頃の凡兆の態度や性格を考え合わせて、はじめて理解されるものだろう。

もちろんこのことは凡兆が秀れた俳人であったことを否定するものではない。実際『猿蓑』編集当時の凡兆は、その感受性と技巧において、蕉門の中でも傑出した存在であった。凡兆の感受性の特色は、何よりも聴覚や視覚のレベルまで感覚を細分化し対象をとらえていることに求められる。しかも、彼の非凡なところは、これら聴覚と視覚を交錯させることによって、独自の感覚世界をつくりだしたことにある。

渡りかけて藻の花のぞく流れ哉

市中は物のにほひや夏の月

呼び返す鮒売り見えぬあられ哉

はその代表的作例だが、とりわけ、最後の句は、消えてゆく鮒売りの声やこれを呼びもどす声からなる聴覚の世界と降りつのるあられで示される視覚世界を「見えぬ」という不在の表現でつないだものであり、凡兆が並々ならぬ技巧の持主であったことを示している。

冒頭の句は、こうした凡兆がさしたる技巧をもちいず、秋天の雲の往来を吟じたものである。

インターネットの普及によって、人々は機器を通じ相互に接触し情報を交換しあうことになった。経営者も例外でなく、ネットワーク上をさまざまな速度でゆきかう多種多様な情報に接せざるを得ない。当然のことながら、これら情報の質は一様ではなく、きわめて雑多であり、相互に矛盾するものも少なくない。事態はまさに秋の空を行きかう雲のようにとらえどころのないものとなっている。われわれは、真偽、虚実、正誤の交錯した情報の中から自らの意思決定に不可欠の情報のみを選択する識別能力をもつことを要求されることになる。

この場合、鍵となるのは「多様度」である。われわれは各自が多様なスケーラー（測定用具）を持つことを要請される。重量計は「重さ」以外をはかることはできない。距離や温度を測るには別の用具を必要とする。次にスケーラーの感度をあげることが重要である。ミリ単位のスケールではナノレベルの差異を計ることは不可能である。高感度センサー（機器や人間）をどれほど多く組織の中にとりこむことができるか、これが経営者の資質をはかる規準となろう。

多様で繊細なセンサーを具備する者だけが環境の微妙な差異を識別することができる。

降る中へ振りこむ音や小夜時雨

秋田の豪商吉川五明（一七三一—一八〇三）の句である。

黄菊白菊その外の名はなくもがな

嵐雪

服部嵐雪《らんせつ》（一六五四―一七〇七）は其角と共に江戸蕉門の双璧とうたわれた芭蕉の高弟。芭蕉自身も彼らを桃と桜にたとえて数ある門弟の中でも別格扱いしていた。

嵐雪（嵐亭治助、雪中庵とも号した）は芭蕉の十歳年少、螺舎《らしゃ》と号していた其角は嵐雪より七歳年下。両人が芭蕉に弟子入りしたといわれる延宝二（一六七四）年当時、芭蕉は三十一歳、嵐雪二十一歳、其角にいたってはわずか十四歳の少年であった。『桃青門弟独吟二十歌仙』が刊行された延宝八（一六八〇）年でさえ、師は三十七歳、兄弟子は二十七歳、弟弟子は二十歳に過ぎない。現代風に言えば、桃青は少壮の准教授、嵐雪は大学院生、其角は学部学生といったところであろうか。

延宝年間の彼らは、師匠はじめ当時の先端を行く談林派、とりわけ嵐雪や其角は怖いもの知らずの年頃である。思いおこせば悔いなきにしもあらずといったことどもも多かったにちがいない。天才肌で才気あふれた其角に比べ、嵐雪はどちらかといえば実直な性格だったといわれるが、それでも若い頃には酒と女にあけくれる日々を送り、金がなくなると照降町の足駄屋の裏にあった其角の仮宅に破笠と共にころがり込み、一つしかない蒲団に三人がもぐりこんで寒さをしのぐ。時おり芭蕉が訪ねてくると「殊の外気がつまり、おもしろからぬゆえ」逃げかくれするような道楽《どら》三昧の生活を送っていたらしい。

同じ酒色にふけりながら、つねにどこか一点でさめており、進退あざやかな其角に比べ、嵐雪は哀憐の情が人一倍厚く、情にほだされてつい抜きさしならぬところまではまり込んでしまうタイプであったのではあるまいか。実際、嵐雪の二人の妻はともに前身は湯女と遊女であった。しかし、嵐雪は、その一方で、どんな深い仲になっても一定の距離をおき相手を対象視できる都会的なクールさをもっていた。

彼の二人目の妻れつをうたった、

うまず女の雛かしづくぞ哀れなる

は、この愛憐と薄情がルビンの壷のように交互に現れたり消えたりする不思議な仕上がりになっている（なお、句中の「かしづく」は子どもなどを大切にするという意味で「仕える」ではない）。

嵐雪には、〈ふとん着て寝たる姿や東山〉をはじめ名句と呼ばれる句が多数あるが、いずれも句姿がなだらかで意味もわかり易い。言ってみれば、童心に通ずる純粋な詩心を持っており、もし、彼が大正時代に生まれていたならば、白秋や雨情とならぶ童謡作家になっていたと思われる。

大輪の菊の栽培は桃山時代に始まったと言われるが、元禄期には、交配を通じて多種多様な品種や変種がつくられ、好事家は種苗から丹精して育てた名品に漢詩文や謡曲にちなんだ酔楊妃とか鬼王丸とかいった名前をつけて愛玩したといわれる。もちろんその中には、実をともなわぬこけおどしの名称も少なくなかったにちがいない。

掲句はこうした風潮に対する皮肉というよりも率直な感想をさらりと述べたものである。この句は蕉門の中でも漢学の素養の深かった山口素堂宅で開かれた観菊の席でつくられたと伝えられているが、ひとわたり蘊蓄《うんちく》をかたむけた菊談義が続いた筈の、その後にだされたこの句に一同改めて居ずまいを正す思いがしたのではなかろうか。

其角が同句を絶賛し、菊の句を所望されるたびに、芭蕉の〈白菊や目にたてて見る塵もなし〉と共にこの句を書きしるしたといわれる。

自分の日頃愛玩する道具類に銘をつけて楽しむという風習は古くからあったが、有名人に名をつけてもらって商品を大々的に売り出すという商法が現れたのは江戸時代中頃からであろう。明治になってこの販促手法は一層拡大され、さまざまな商品名が生み出されるにいたった。これらの中には、商品はとうの昔になくなってしまい、商品名のみが人々の記憶の片隅に残っているものもあれば、名実ともに今なお健在なものもある。そんな寿命の永い商品名で、明治生まれの代表は「正露丸」(当時は征露丸)、大正生まれでは「カルピス」、昭和の戦前では「ゴールデンバット」等であろうが、戦後の代表はなんと言っても「ピース」と「ハイライト」そして三十年代のモータリゼーションを先導した「トヨペット」と「ブルーバード」であろう。

私の友人に現役時代「ネーミングの神様」と呼ばれていた人物がいる。彼が商品開発会議でファンシーな商品名を提案する部下に対していつもひきあいに出すのが嵐雪のこの句であった。過日久しぶりに銀座で出会った彼は、息子夫婦と一緒だったが、幼い孫娘に名前をたずねると、元気一杯に「ユーカリ」と答え、「幽香莉と書くんです」と若い母親が説明した。私には、その傍らで、彼がそっと「太郎花子その外の名は……」とつぶやいているように思われた。

お奉行の名さへ覚えず年暮れぬ

來山

小西來山《らいざん》（一六五四―一七一七）、通称伊右衛門は大坂淡路町の菜種問屋の子息として生まれた。幼少から俳諧に親しみ、西山宗因門下としてわずか十八歳で判者となるという、いかにも都会育ちらしい早熟の俳人であった。当時談林派の雄として頭角をあらわし始めた西鶴に才能を認められ、延宝七（一六七九）年の四千句「大矢数」では弱冠二十五歳で指合役をおおせつかり、貞享元（一六八四）年の二万三千五百独吟興行でも其角と共に同席する栄誉をあたえられている。

だが、來山にとって、西鶴は十二歳も年上の、決して追いつくことのできぬ大先達であった（しかも、西鶴は下戸であり、愛酒家の來山にとっては少々つきあいづらい）。これに対して七歳年少の鬼貫は來山が心おきなく交際できるいわゆる莫逆の友であった。

鬼貫は「まことの外に俳諧なし」と述べたことから、芭蕉の先駆者的存在とみなされているが、自らの印象や感慨を、ありのままに語りだすところに、作句の特徴がある。日頃から維摩居士にあこがれ世間と交わらぬ孤高の生活を旨とした來山にとって、鬼貫の強直な生き方とその俳論には共感するところが多かったにちがいない。

彼らの活達な交遊をうかがわせるものとして、來山の歳旦句、

元旦やされば野川の水の音

が実は鬼貫の句であり、鬼貫が気に入らずほうっておいたものを、たまたま訪れた來山が「そこもと気に入らずば捨て給え、我拾うべし」と言って自句として発表したというエピソードが伝えられている。

俳人加藤郁乎は名著『俳諧誌』でこの逸話を紹介し、「鬼貫と來山のただならぬ交遊風流事にあやかった作り話としては上出来であろう。（中略）ただ、さればといった風のあしらいは鬼貫には似つかわしくなく、どちらかと申せば、雑俳点者來山にふさわしい即興裁きのように思われてならぬ」と述べている。

いずれにせよ、褒めるよりも貶し合うことの多かった談林派の中で、彼らが競いながら

も互いに敬意を払い、脱談林の方途を求めつつ、いつか似通った句境に達していたことはまちがいあるまい。実際行水に虫の音をあしらった次の二つの句など、いずれがいずれを作ったものか、にわかには判じがたいものがあろう。

行水の日まぜになりぬ虫の声　來山

行水の捨てどころなき虫の声　鬼貫

掲出句は、「大坂も大坂、真ん中に住《すみ》て」と前書にあるように、大坂の市中に住む來山が自己の心境を吐露した歳暮句である。「お奉行」とは、この場合町奉行のこと、現在の府知事や市長にあたる。その名前さえ知らぬうちに今年も暮れてゆく……支配階級である武士に対する元禄町人の気概を示すという説もあるが、当時の大坂は全国の物産の集散地であり、各藩はここにさまざまな産物を取扱う蔵屋敷をおき、自藩の財政収入をはかっていた。言ってみれば大坂経済は武士と町人の一種の共生関係の上に成立していた訳である。となれば、大商人はもとより一介の俳諧師といえども町奉行の名をわきまえていない筈はない。むしろこの句は來山がこうした当然の世間知さえもたぬ世捨人に身をなぞらえて、その心境を吟じたものといえよう。通常の市井人には許されぬ無知が無用者の系譜に身をおくことによって許される。世間の埒外にある者のみが享受しうる非常識の世界、或いはその境地への憧れが作句の動機をなしているとみてよいのではあるまいか。

しかし、たとえ大隠をきどってみても、所詮雑俳点者の日常から逃れることはできない。それだけに、時には世塵にまみれた現実を離れ、無可有の世界に遊んでみたい。そうした作者の心境を考えてみると、一見洒脱なこの句の背後に雑俳点者來山の日頃の鬱屈が分厚く塗りこめられているように思われる。

現在、われわれは、史上稀にみる知的アフルエンスの社会に生きている。実に多くの情報や知識を交換しているが、実は、そのほとんどは、自分自身にとっては勿論他人にとっても不要不急なものではないか。そんなことに思い及ぶ時、われわれは、自分もまた來山のもとめた無知の境地への憧れを心の内奥に分けもっていたことに気づくのである。

秦か漢か知らず山中の畑打つ

時代は下って、明治中期藤井紫影が同様な憧れを詠じた句である。

涼しさは正に我也風にあらず　越人

季題や季語という言葉は連歌、俳諧につきものであり、昔から使われてきたように思われがちである。だが、起源は存外新しく、明治末年、季題は河東碧梧桐の発明、季語のほうは大須《おおす》賀《が》乙字《おつじ》が俳句雑誌『アカネ』の句評でもちいたのが最初といわれる。江戸時代は「季ことば」と言い、季詞と書いた。

「涼しさ」はいうまでもなく、夏の季詞であり、

涼しさのかたまりなれやよはの月　貞室

涼しくも野山にみつる念仏かな　去来

涼しさを竹に残して晴れにけり　　乙由

など、いくつかの句が思い出される。

涼しさは暑さの対語である寒さ、あるいは暖に対する冷とも違い、暑さの従属語、つまり夏の暑さがあってはじめて涼しさの感覚が生まれる、不思議な言葉である。そんなことを考えると、

梧の葉に光広げる蛍かな　　土芳

蓮の香のゆきわたりたる嵐かな　　祇空

なども、夏の涼しさを吟じた佳句と言えよう。土芳の句は、夏の夜の息をつくような蛍火の点滅にあわせて、アオギリの葉の上に現れては消えるかすかな光の広がりをうたったものであり、いかにも夏らしい静かな夜気を感じさせる。他方、祇空の句は、「すみよしの蓮見に朝とくにまかりしに、雨ははれても」という前書きにある通り、大坂の住吉神社境

内の早朝の光景をうたったもので、夜来の嵐が過ぎ雨はあがったものの、なお、残る強風が池一面に蓮花の香りをゆきわたらせるかのように吹く様を、あるいは「ゆきわたりたる」のたるに注目すれば、嵐のあとの静けさを吟じたものであろうか。いずれにせよ昧爽の涼味を感じさせる。

　こうした一連の「涼しさ」を感じさせる句のあとで、冒頭の句を読むと、越人のねらいが一層はっきりする。

　越智《おち》越人《えつじん》（一六五六―？）は、その俳号からも知られるように、北陸の人、若い頃から名古屋に出て、芭蕉に愛された夭折の句人杜国と知り合い、蕉門に入った。その句は『春の日』にみられるが、越人が芭蕉の本当の知遇を得たのは貞享四（一六八七）年、当時伊良湖崎の片田舎に逼塞していた杜国を訪ねた芭蕉に同道して以来のことであろう。芭蕉は翌年彼を『更科紀行』の供に選び、江戸にともなった。元禄二（一六八九）年の猿雖への手紙に芭蕉は「去秋は越人といふしれもの木曽路に伴い」と記している。しれものは痴れ者ということだが、この場合は「風流の達者」ほどの意味だろう。芭蕉が越人の俳才を愛していたことがうかがわれる。越人にとっても江戸の生活、特に其角や嵐雪との交流は楽しいものであったに相違なく、いくつかの佳吟を残しており、荷兮《かけい》とならぶ尾張蕉門の代表者とみなされるにいたった。

だが、この芭蕉への傾倒もながく続かず、越人の俳風は荷兮と共に、次第に師の道からはずれ、ついには俳諧の道からも遠ざかってしまう。もともと、越人は「二日勉めて二日遊び、三日つとめて三日あそぶ」といった脱俗的な生活態度をもち、仏典や老荘思想にも親しんでいた。この意味で越人の関心は芸術よりも人生そのものにあり、俳諧に人生をあわせる芭蕉の道ではなく、彼が、其角をはじめ多くの門人がそうしたように、人生に俳諧を合わせる道を選んだのは当然であった。

皆笑ふ顔の筈なり涅槃像

といった句はそうした人生理解の延長上に生まれたものであり、冒頭の句もまた一つの帰結であった。涼風、涼夜という言葉があることから、われわれはつい「涼しさ」が一つの客観的事実であるかのように思いこんでしまう。この錯覚を越人は「涼しさは正に我也」と言い切ることによってコナゴナに打ち砕いてみせる。ここで俳諧は美を表現するためではなく、迷悟の殻を打破する手段、いわば禅堂における棒喝の役割を果たしているのである。

束の間のバブルが過ぎ、以降十年余日本全土に不況の嵐が吹き荒れた。長期にわたり経済停滞がつづく中で、産官学民が相互にその責任をなすりつけ、無能振りをあげつらい、メディアがこれを増幅した有様はただただ壮観という他なかった。その記憶がようやく薄れようとしている中で、わが国は、再び米国のサブプライムローン破綻に端を発する経済危機に直面し、人びとは同じようなふるまいを繰り返そうとしている。

好況といい、不況といい、所詮は人の心のなせる技であろう。マクロの経済変数をとりあげてその動向を論ずるのもいいが、そろそろこの辺で、「低迷は正に我也。景気にあらず」と言い切る「しれもの」が現れてもよいのではあるまいか。

冬はまた夏がましじゃといひにけり　　鬼貫

j.t

十団子《とをだご》も小粒になりぬ秋の風

許六

森川許六《きょりく》（一六五六―一七一五）は蕉門十哲の一人。俳論集として『俳諧問答』を残したほか、俳文集『風俗文選』や俳諧史論『歴代滑稽伝』を刊行し、蕉風の究明普及につくした。しかし、後世の評価はもう一つかんばしくない。それは、許六が、芭蕉の没後「はせを流正風躰の血脈を得たる者は我也」とか「老師の発句仕様を前後よく知り俳諧の底をぬきて古今に渡るもの」はわれ一人といった類の広言を吐いたためである。

もともと六藝（礼・楽・射・御・書・数）にわたり師たることを許される程通じていたため「許六」と号したと言われるように、許六には「誇号」癖とでも呼んでよい性癖があった。ただ、それらは誇言ではあるが全くの虚言という訳でもない。このあたりが少々厄介である。

例えば、六藝のうち御とは馬術のことであるが、許六は本名百仲、字は羽官、近江彦根藩で禄高三百石をとる歴とした武士であった。彦根は赤備えで武名高い井伊家の本拠である。そこで三百石といえば、槍持をしたがえて馬上に威儀を正して登城する身分であるから、馬術に長けていたことは間違いない。実際、許六は、

卯の花に蘆毛の馬の夜明哉

馬場先を乗出す果や雲の嶺

など、騎乗の武士ならではの目線の高い「豪句」を残している。加えて、許六は画才もあり、芭蕉に絵筆の技を教える立場にあった。となれば、彼がなみいる門弟の中で自らを別格とみなしそのように振舞うのも当然であったともいえる。

許六は、武士であるから、もとより世辞は言わない。他方、然るべき人物（その中には当然芭蕉もはいっている）は世辞は使わぬものと信じているから、他人のほめ言葉をそのままうのみにしてしまうきらいがあった。そして、芭蕉は、宗匠として初心の弟子に対しては結構如才ない応対をする人であった。実際元禄七年二月二十五日付許六宛書簡の中で、

芭蕉は「其角、嵐雪が儀は、年々古狸よろしく鼓打ちはやし候半」と古参の弟子を批判したあと、「彦根五つ物、いきほひにのっとり、世上の人をふみつぶすべき勇躰、あっぱれ風雅の武士の手業なるべし」と許六等の歳旦句の出来ばえをほめている。これでは、許六ならずとも少々舞いあがってしまうのは当然であろう。

しかし、残された許六の墨跡をみるかぎり、書も絵も素直であり、それ程屈折した性格をもっていたとも思われない。むしろごく生直面目な、だが、少々浅黄裏的なところのある人物であったといえよう。

掲句は、こうした許六の素直な面がよくでた感慨句であり、俳味あふれる佳句といえる。

十団子とは東海道の岡部と丸子宿の間にある宇津谷峠の麓の茶屋の名物で、あずき程の大きさの団子を麻の紐でつないだものである。堀切実編注『蕉門名家句選』にある通り、「秋の風」の〝雅〟と「十団子」の〝俗〟を「小粒になりぬ」という「曲折を含んだ表現」でとりはやすことによって「世智辛い世情の推移を嘆ずる気持がそれとなく思い合わされてくる」あたり、寓句としても一級品といえる。

この句が有名になったのは、いうまでもなく、去来が、「先師曰、此句しほり有」と述べたことによるものだが、芭蕉がこの句のどこに「しほり」を見出したか必ずしもあきらかではない。ただ、「十団子の」ではなく、「十団子も」とあるように、許六がある種の変化ないし推移についての思いを小粒になった十団子に託して語ろうとしたことだけはたしかであろう。

世情とは世相人情、現代風に言えば社会環境のことであろう。環境は常に変化する。だが、存外気づかないのは変化をとらえる自分自身の物の見方の変化であろう。物の見方は個々人の体験にもとづいてかたちづくられるが、誰にも共通なのは加齢による物の見方の変化である。齢をとるにつれて、周囲の人びとが若くみえてくる。まず高校野球の選手たちが子どもっぽくみえ始め、警察官や学校の先生が若くみえ、セクシーと言われる女優たちが小便くさい小娘にみえてくる……そんなことを話していたら、ある老教授から、それはほんの序の口で、「いまに大学生の母親がきれいにみえてくる」と言われたことがある。「周囲の人びとが」と、彼は言葉をついでこう言った。「みんな小粒にみえるようになったらもうおしまい、引退のしおどきだ」。考えてみれば、まわりが等身大にみえることこそ現役の資格とも言える。トップたるもの〈たれもかも小粒になりぬ秋の風〉と感じたら、その秋風は他ならぬ自分自身に吹いているのだと観念すべきなのかもしれない。

それも應是もおうなり老ひの春

涼菟

岩田涼菟《りょうと》（一六五九―一七一七）は、伊勢蕉門を代表する俳人で伊勢風をひろめた乙由《おつゆう》の師であり、美濃風の指導者支考やその弟子の盧元坊《ろげんぼう》とも親交があった。同じような句風でありながら、乙由や支考が俗物視されるのに対し、涼菟にこうした批判がないのは、日頃から利得名聞にこだわらず、超俗的なところがあったからであろう。その一端を示すものとして、ある年近郊へ花見にでかけたが、急に東山の櫻がみたくなり、そのまま京に上り、興のおもむくままに播州須磨寺を訪ね、更に船便を得て筑紫に渡り、ついには長崎まででいたったというエピソードが伝えられている。涼菟は伊勢神宮の神官（一説に神楽の演者であったともいう）であったから、各地に知己も多く、それなりのつてもあったと思われるが、長途の路銀をどのように工面したものか、他人事ながら気にかかる。

涼菟は守武以来の伝統をうけつぎ、諧謔味をもつ軽妙な人事句を得意とした。

傾域の畠見たがるすみれかな

牢人のすだれに鍔や年の暮

夜の菊たれやら庭の声作《こわづく》り

などはその代表的作例であるが、同時に、身近な動植物を題材にして軽い寓意を感じさせる句をいくつもつくっている。

おのが葉に片尻かけて瓢《ふくべ》かな

つかむ手の裏を這いたる蛍哉

ふらふらと帰りかねてや小田の雁《かり》

最後の句は、芭蕉の『おくのほそ道』の跡を辿ろうと北越高田までおもむいた晩年の涼菟が、老躯のため巡歴をあきらめた際つくられたものである。ごくありふれた眼前の風景に作者の感慨を重ね合わせることによって独自の句境をかたちづくっている。

同様な工夫は、代表作といわれる、

こがらしの一日吹いて居りにけり

にもみられるものであり、こがらしという事実を語りながら、実は一日屋内にうずくまっている作者とその心境を語る……「ただごと」について述べつつ、「ただならぬ」人生の深奥を暗示する伊勢派ならではの句境を示している。

掲句も、この延長線上にあるもので、新春の朝、何事も「應々」とうけ入れる老人の接待ぶりをとりあげ、老境の心のありようを吟じた歳旦句である。

人間誰でも、歳をとるにつれて物事にこだわらず人々の異見を素直にうけ入れるようになる。しばしば、角がとれ、人格円満になった証拠のように言われるが、実は、単に気力体力がおとろえるにつれて、万事にわたり波乱をさけ平穏無事であることを願うようになる、要するに老化にともなう一現象にすぎないとも言える。責任ある地位につき、軽重の異なるさまざまな問題に対処するにはそれなりのエネルギーがいるし、時には激しい抗争も覚悟しなければならない。何事にも「好々《ハオハオ》」とこたえる好々爺の境地は隠居の身にのみ許されるものであって、責任ある地位の者、特に指導者には決して許されないものと言えよう。

こう考えてみると、一見、初老でむかえた初春の無事を喜ぶ自祝の句にみえるこの句にも涼菟独特の諧謔がかくし味のようにひそめてあるように思われる。

涼菟は、五十九歳で世を去ったが、臨終にあたって、弟子たちが辞世の句を請い、耳もとで「合点か」(わかりますか?)と問うたところ、〈合点じゃ其暁のほととぎす〉と吟じて目を閉じたという。

実は、これには異説があって、そうは詠じたものの、まだ「暁のその」にしようかと迷っている涼菟に、乙由がこの期に及んで迷いなしと、「その暁のほととぎす」と大声で呼ばわり、それを聞いて瞑目したとも言う。超俗の人涼菟にしてこの通り、老い或いはその延長としての死への応対はなかなか一筋縄ではいかないもののようである。

人老いぬ人また我を老と呼ぶ　　蕪村

おもふ事だまっているか蟇《ひきがえる》

曲翠

菅沼曲翠《きょくすい》（一六六〇―一七一四）別号曲水は本名定常、通称外記、近江国膳所藩で三千五百石をとる武士であった。

元禄二（一六八九）年『おくのほそ道』の旅を終えた芭蕉は、江戸にもどらず、しばらく故郷の伊賀、京、湖南の各地に滞在し、俳席を重ね、新旧門弟との交流を深めると共に、『阿羅野』に次ぐ一門の「風体」をあらわすための撰集づくりにつとめ、その成果が元禄三（一六九〇）年の『ひさご』、翌年の『猿蓑』として結実した。曲翠は、貞享年間江戸在勤中其角を通じて蕉門に入ったといわれるが、『ひさご』の巻頭をかざる「花見」歌仙に珍碩《ちんせき》（のちの洒堂）と共に参加し、また、国分山山腹にあった伯父の幻住老人の旧庵を芭蕉に提供したことから、急速に芭蕉との親交を深め、以降、師の没するまで、芭蕉晩年の孤高な精神生活を物心両面にわたって支えた少数の弟子の一人となった。

曲翠の作品は、七部集の中では、『ひさご』の歌仙の他、『猿蓑』、『炭俵』、『続猿蓑』にそれぞれ三句、二句、四句ずつ採られている。しかし、

むめ咲くや臼の挽木のよきまがり

若竹や烟のいづる庫裏の窓

など、少々つくりすぎの憾がある。むしろ、七部集にはとりあげられなかったが、

中間の手に握らるる蛍かな

松の葉やあられひとつのすはりやう

などの句に彼独特のポエジーを感ずる読者も少なくないのではあるまいか。これらの句は、蛍やあられというごくありふれた題材を取扱いながら、ともに「瞬間」をとらえたところ

に特徴がある。特に、後者は、針のように細い松の葉先にあやうくとまった一粒のあられに着目し、一瞬後には変化してしまう位相のはざまに成立する不安定均衡を「すはりやう」という五文字で表現したものであり、絵画や写真ではあらわし得ない、文字ならではのふくみとひろがりをもつ表現世界をかたちづくっている。しかも、かすかな寓意性を感じさせるあたり秀逸といえよう。

掲出句は寓句ではない。むしろ感慨句といってよい。蟇はいわゆるがまがえる、江戸時代とはいわず、昭和三十年代まで都会田舎を問わず何処にでもみられたものである。とりわけ梅雨時ともなれば庭先に大きな腹をひきずるように這いだしてきて、口を一文字に結び、目を半眼に閉じて終日じっと座りこんでいる。こんな習性をもつひきがえるに対して、何故「黙っているか」と問いかけたものである。そのかぎりで、ごくありふれた述懐句のように思われる。

だが、その後の作者の運命を考え合わせると、そう簡単にはかたづけられない。と言うのも、曲翠は、前述のように膳所藩本多侯につかえる重臣であったが、中老職にあった享保二（一七一七）年、藩侯の寵《ちょう》をたのんで、藩政をほしいままにした奸臣を討ち果し、自刃するという果敢な最期をとげているからである。しかも、伴蒿蹊の『近世畸人伝』によれば、主君に咎の及ぶことをおそれて、あくまでも私闘であるとよそおったため、「その子内記といへるが江戸に有けるも、自尽を命ぜられ家亡びぬ」と伝えられている。

その是非はともかく、なんとも凄まじい武士の意地だと言わねばなるまい。

最近、政府はもとより企業、NPOといえども、社会の公器であるという認識のもとに情報公開についての関心がたかまり、特に組織の違法行動に関しては、断固として発言し、これをただす勇気をもつことが、構成メンバーに要求されるようになった。これにともない、企業が独自の倫理憲章を制定したり、自由な発言をうながすために内部告発を保護する規定をつくる試みもなされている。また、インターネットの導入によって、誰もがいつどこでも言いたいことをいえる情報環境も整備されつつある。

しかし、組織のコミュニケーションは本来組織化されているところにその本質がある。誰もが言いたいことをいうのではなく、「言うべき人」が「言うべき時」に「言うべきこと」をいう。これが組織の情報伝達の基本的ありようである。だが、このことは必ずしも実現されるとはかぎらない。そのため、曲翠のように身を殺しても諫言を試みる争臣が現われるのであろう。佞臣はもとよりしりぞけねばならないが、争臣の出現もこれを極力避ける。これが主君のつとめであろう。そのため、日頃から組織の指導者は、然るべき人物を然るべき地位におくことに心を砕くのである。

我雪とおもへばかろし笠の上

其角

宝井（榎本）其角《きかく》（一六六一―一七〇七）は本多侯につかえた医師竹下東順の子として江戸に生まれたが、母方の姓榎本を継ぎ、後宝井と名乗った。別号として晋子が有名だが、若い頃には螺舎とも号していた。十四、五歳で桃青門下となり、十九歳で才麿編『坂東太郎』に初入集、その後『桃青門弟独吟二十歌仙』その他句集に次々と入集し、二十二歳で千春の『武蔵曲』編集を手伝い、二十三歳で『みなしぐり』を自撰した。二十四歳の時、上方に遊び『蠹《しみ》集』を編み、西鶴の大矢数にも後見役として参会した。二十六歳で立机したあと、自他ともに許す蕉門の高足として、江戸はもとより全国各地の俳人との交遊を深め、『新三百韻』『続虚栗』『いつを昔』、『花摘』、『雑談集』その他句集の編集にたずさわった。三十一歳で『猿蓑』に序文をよせ、三十四歳、師の没するにあたって追悼句集『枯尾華』を編み、「芭蕉翁終焉記」を草した。

　こうして書き出してみると、其角は、他の俳人が一生かけておこなうべき仕事を三十代半ばに仕上げてしまったようにみえる。まさに老成の師に相応しい早熟の天才児であった。

　このような天与の俳才に加え、其角はまた時好の人、つまり時世の好みを先取りし、これを言動であらわし世間の喝采を得るという稀有の才能をもち合わせていた。しかも、其角は江戸生まれの江戸育ち、それもポスト明暦の世代である。明暦三（一六五七）年の大火を経て、市域はほぼ二倍に拡大し、江戸は名実ともに京、大坂に比肩する近世都市としての威容と繁栄をほこるようになった。延宝から宝永まで五元にわたる其角の活動期は、この政治経済的発展をふまえ、江戸が、それまで文藝活動を独占してきた京、大坂に対抗し、新たな文藝都市として胎動し始めた時期でもあった。その意味で、其角は、江戸を舞台とする文藝世界の創造という歴史的宿命を負わされていたともいえる。

　上方で生まれた談林俳諧は東漸し、芭蕉とその一門による江戸蕉風という新風をつくりだした。その後、芭蕉は、江戸を捨て各地を遍歴し、その句風をより普遍的な正風として純化する道を選んだ。これに対して、其角は、蕉風にこだわらず、地場文藝としての江戸風を確立する道を歩んだのである。

　其角が素堂、嵐雪とともに、

鯛は花は江戸に生れてけふの月

目に青葉山ほととぎす初鰹

花すゝき大名衆をまつり哉

など、新興の文藝都市である江戸のシティ・キャンペーンを華麗にくりひろげ、上方とは一味ちがう「都市像」をつくりだそうとしたのはこのためであろう。そして、十八―十九世紀、江戸は、其角の築いた基盤の上にその独自の文藝世界を開花させたのである。

掲句は、其角が残した寓句の傑作である。「笠ハ重シ呉天ノ雪」と前書にあるように、『詩人玉屑』にある闘僧可士の「送僧詩」をふまえたものである。当時この詩句は、対句である「鞋ハ香シ楚地ノ花」とともに愛唱され、芭蕉にも〈夜着は重し呉天の雪を見るあらん〉がある。芭蕉の句が談林の技法を踏襲しているのに対し、其角は、上五文字を「わが雪と」と言いだすことによっていとも無造作に「重し」を「軽し」に反転し、全く異なった句意をひきだしている。だが、それでもなお下五の「笠の上」に談林調が残る。これを江戸の庶民は、〈わがものと思へば軽し笠の雪〉と言いかえることによって、わが国で最も有名な諺句の一つに仕立てあげたのである。

対象A（笠の雪）をそれとは全く異なるカテゴリーに属するB（わがもの）と思いなすことによって、Aに対する認識があらたまる結果、その属性（軽重）に関する認識もまた変化する。これが陰喩の基本原理であるが、こうした原理を当時の人びとは、通俗文藝の「見立て」や「見做し」を通じて庶民に至るまで会得していた。この事実にあらためて驚かざるを得ない。

だが、一層驚くべきは、私有の機微にかかわるこの句があるにもかかわらず、わが国の知識人の多くが生産手段の私有を否定する教義に固執し、二十世紀の七十年間を論争と闘争に空費したことであろう。だがその呪縛から解き放たれた筈の現在、人びとは財貨や資産の所有にのみ狂奔し、他ならぬ自分自身をもつこと、すなわち個人のアイデンティティの確立が私的所有の根源にあることに気づいていない。これまた一つの驚きである。

乞食かな天地を着たる夏衣

天を幕とし地を蓆とする、無一物の境地をうたった其角若き日の快気焰である。

我むかし踏《ふみ》つぶしたる蝸牛哉

鬼貫

上島鬼貫《おにつら》（一六六一―一七三八）は摂津国伊丹の俳家。俵藤太を遠縁とする由緒ある酒造家に生まれ、幼少から和歌、俳諧に親しみ、十三歳で松江重頼（維舟）のもとに入門した。重頼は、野々口親重（立圃）とともに貞門の二客と称せられた初期俳諧の重鎮で、『犬子草』や『毛吹草』の編者としても知られている。だが、重頼は、当時既に七十歳をこえており、鬼貫は、彼よりも、その門下で伊丹に也雲軒という私塾を開いた池田宗旦との交流を通じて、その俳眼を養ったと思われる。

宗旦は、鬼貫よりも二十五歳年長、重頼にしたがって伊丹を訪れたが、地元の酒が気にいってそのまま居ついてしまったという逸話や、〈世の中はただ瓢簞の大鯰おさへおさへて逃げていにけり〉という辞世からうかがわれるように、禅味をおびた飄逸な人物であったらしい。地元の子弟に老子や荘子、『方丈記』や『徒然草』などを講義していたが、鬼貫もその講席につらなり教養をみがいた。

特に、彼にとって刺激になったのは宗旦を訪ねて来る有名無名の俳人との交流であり、その中には談林派の総帥とうたわれた西山宗因もいた。もっとも、宗因と出会った時、鬼貫は二十歳、宗因は七十六歳であったから、交流というよりは、専ら鬼貫がかしこまって宗因の教えをうけたまわるといった風情であったと思われる。とはいえ、若くして俳諧史に名を残す重頼や宗因の謦咳に接したことが、鬼貫に他にない気概と自負心をうえつけたことはまちがいない。

鬼貫は、晩年に著した『独言』の中で「まことの外に俳諧なし」と述べたことから、信徳、來山、言水などと共に蕉風の先駆をなしたと言われている。しかし、実際には、彼は芭蕉よりも十七歳も年少であった。したがって、本来彼と対比さるべきは芭蕉ではなく其角であったと思われる。其角は、蕉門の中にありながら蕉風におさまらず、芭蕉とは異なる俳風と俳人像をつくりだし、一世を風靡する名声を得た。同様に、鬼貫もまた独自の俳論と句調によって後代に大きな影響をあたえた。鬼貫といえば、ただちに代表作である、

にょっぽりと秋の空なる不尽の山

エピグラム或いは明末清初の「小品」文学に通ずるところがある。また、鬼貫には、
とあきらかに異なる独自の言語世界をかたちづくったものであり、西欧のアフォリズムや
花見かな〉などの諺句と共に、宗因、維中の寓言説を継承しつつ、だが談林派の言葉遊び
といった意表をつく形容詞をもった発句が思いだされる。この句は、〈骸骨のうへを粧て

そよりともせいで秋たつことかいの

など、軽妙な言いまわしをとり入れた発句があるが、この句調は、蕉門の惟然に影響をあたえ、太祇を経て、大江丸、一茶に伝えられ、明治以降の口語俳句へと継承された。鬼貫の存在意義は、プレ芭蕉よりもポスト芭蕉の観点から見直されるべきであろう。

掲句は、鬼貫としてはめずらしく素直な述懐句である。『梁塵秘抄』の〈舞へ舞へ蝸牛舞はぬものならば、馬の子や牛の子に蹴ゑさせてん　踏み破らせん……〉が思い合わされるが、同様な俗謡や童謡が各地に伝承されており、鬼貫はこれに由ったものであろう。或いは、寂蓮法師の〈牛の子にふまるな庭の蝸牛角あればとて身をな頼みそ〉が記憶のはしにあったのかも知れない。

いずれにせよ、当時の人びとにとって、「蝸牛」と「踏みつぶす」は耳慣れた連想語であり、この事実をふまえ、幼い日無造作にかたつむりを踏みつぶした自分の振舞いをかえりみたものである。無邪気にみえて、子どもは実に残酷なものである。だが、この残酷さは子ども特有なものではなく、遊びの中に仕掛けられた「競い合い」そのものに由来するともいえる。とすれば、年齢に関係なく、すべての「現役」プレーヤーはこの種の残酷さをかくし持っているのではないか。「我むかし」の五文字には、自らの才を恃んで周囲の者をあたりかまわず踏みつぶした若き日の衒気を反省するだけでなく、どこかその客気を懐かしむ心情がこめられているようにも思われる。

そう言えば、其角にもこんな句があった。

文七にふまるな庭のかたつむり

茅場町の自宅の隣りに文七元結をつくる仕事場ができ、かつての風情が失われたことを嘆いてみせたものであるが、小さきものにそそがれたまなざしに一代の才子其角老熟の心境がうかがわれる。

蚊帳を出て又障子あり夏の月

丈草

芭蕉の弟子の中で、会ってみたいなと思う人が何人かいる（逆に、これはご免こうむりたいという人物もいるが……）。内藤丈草《じょうそう》（一六六二―一七〇四）は会ってみたい幾人かの筆頭であろう。

丈草といえば、ただちに思い出されるエピソードが二つある。その一つは元禄七（一六九四）年のこと、旅に病んだ芭蕉のもとに馳せ参じた門弟がそれぞれ夜伽の句を献じたが、その中で一人丈草の句〈うづくまる薬の下の寒さかな〉のみが芭蕉の意にかない、「丈草出来たり」という評語を得たというものである。

もう一つは遁世に関するそれで、丈草はもと内藤林右衛門本常と名のる尾張犬山藩寺尾土佐守の家臣であったが、元禄元（一六八八）年二十七歳で突然致仕、遁世した。これについて去来は次のように記している。

「一日若党一人を供し、ひそかに君父の前を忍び出で、道の傍らに髪押切り、墨染にぞ引きかへられける」

これにつけ加え、去来は、丈草が日頃指に痛みがあり太刀の柄を握ることが出来ないというのが表向きの理由であったが、実は異母弟に家禄をゆずるために身をひいたと述べている。だが、これは蛇足であって、あくまでも、丈草自ら言っているように、蝸牛が多年背負ってきた殻を捨て自由の身になり「法雨を求尋し林丘に入らん」としたとうけとるべきであろう。それにしても何ともいさぎよい出家ぶりではなかろうか。

路傍で髪をおろし、僧衣に着替えた丈草は京にのぼり、かつて犬山藩で侍医をつとめていた史邦の五雨亭をたずね、そこで去来を通じて芭蕉の知遇を得たといわれる。それ以降芭蕉の没するまでわずか十年に足らぬ師弟の交わりであったが、それだけに「丈草でかしたり」という評語は彼にとって格別であったに相違なく、また、この言葉をあたえて世を去った師への追慕の念も深いものがあったと思われる。

事実、丈草は、師の没後三年にわたり、芭蕉の墓所のある義仲寺でひたすら墓守に明け暮れる日々を送り、その後も近くの竜が丘に仏幻庵なる小庵をいとなみ、恩師の菩提をとむらうことにその生涯をささげたのである。

仏幻庵はつる鍋、釜と火燵のほか何もない、まさに貧寒たるもので、ここで丈草は独り近くの河原から拾ってきた小石に法華経の一字々々を筆写する日々を送ったといわれる。その独居の生活はただただ淋しいものであったにちがいない。

はるさめやぬけ出たまゝの夜着の穴

つれのある所へ掃くぞきりぎりす

つり柿や障子にくるふ夕日影

淋しさの底ぬけて降るみぞれかな

最後の句は、みぞれ聞く夜の偶感を吟じたものであろう。鬼貫の四季感「春の雨は物こもりて淋し……秋の雨は底より淋し……」が思いあわされる。

掲句は、丈草が門人魯九の仏門に入るに当ってあたえた諭句である。

夜半部屋の中までさしこむ月のひかりにふと目覚め、蚊屋の外に出てみたが、そこにまた障子があって、月そのものをあおぐことができない……俗世間を捨て僧形に身をやつすことはそれ自体人生の一大事だが、大変なのはその後で心身解脱の境地に至るまでには、次から次へと現われるさまざまな障壁を一つひとつ乗り越えていかねばならない。出家とは、この「出家以後の出家」を遂ぐることに他ならない。ごくありふれた諭句とみえるが、丈草の、とりわけ晩年の生活と考えあわせると、否定できない説得力をもっている。

十年ほど前、MITの助教授という地位を投げ捨てて、ベンチャービジネスを始める決心をしたアメリカの友人に、この句を拙訳して与えたことがある。それから数年してボストンのホテルで偶然出会った彼の最初の質問は、「ジョーソーとはどんな奴だったのか」であった。いぶかしげな顔をする私に、彼は、「その後の人生はまさにジョーソーの句そのままだったよ」とつけ加えた。

友人と一緒に開発した技術を種にエンジェルファンドを募り、会社を創設したところまではよかったが、その後の商品開発、マーケティング活動、株式上場、それにともなう特許権や企業買収をめぐる抗争、利益配分をめぐる友人との対立、そして家庭内トラブルと離婚……まさに障害物競走を一気に走り抜けるような非常事態の連続であり、これら非常事態への常態的対処がビジネスのビジイ・ネスたるゆえんだと気づいたと言う。

怠惰を標榜し懶窩と号した丈草も、意外なところに共鳴者を得たものである。

焼けにけりされども花はちりすまし　　北枝

立花（土井）北枝《ほくし》（?—一七一八）は元禄期の加賀金沢の俳人。通称研屋源四郎、その屋号が示すように研刀を業としていた。前田百万石の本拠である金沢は、越前加賀越中からなる北陸三国の経済文化的中心として、古くから文藝愛好の伝統があり、北枝も、同じ研屋を業とし牧童という俳号をもつ兄彦三郎と共に、談林派の俳諧に親しんでいたが、元禄二（一六八九）年秋、『おくのほそ道』の途上金沢を訪れた芭蕉の知遇を得て、兄とともに入門、以降北陸蕉門の先達として名をはせた。

北枝もそれなりに気骨のある人物である。はじめ竹雀（小春）や兄の牧童から接待役をおおせつかった時には、江戸で盛名の高い芭蕉が果してどの程度の人物であるか、いざ見参といった気持もなかった訳ではあるまい。だが、北枝の前に現われた芭蕉は、江戸の宗匠という華やかなイメージとはかけはなれた、何の変哲もない小柄な老人であった。しかも、この僧俗さだかならぬ老人が、かすかな伊勢なまりをまじえて、それまで聞いたこともなかった新説を述べ、懇切丁寧な添削を通じて句作の実技を伝授したり、道端の草の名を教えてくれる。北枝はたちまち心服してしまい、『おくのほそ道』に「金沢の北枝と言もの、かりそめに見送り、此処までしたひ来る」とあるように、芭蕉が金沢を去るにあたって、小松、山中を経て、越前松岡まで供することになった。

芭蕉が北陸に滞在したのは旧暦七月中旬から八月初旬までほんのわずかな期間にすぎなかったが、この十数日間が北枝にとっていかにかけがえのない甘美なものであったかは想像にかたくない。『曠野』『卯辰集』に載っている次の三句から、句としての出来ばえはともかく、生涯師とするに足る人物に出会った北枝の喜びが伝わってくる。

わが草庵にたづねられし比
恥もせず我なり秋とおごりけり

翁へ蓑をおくりて
白露もまだあら蓑の行衛かな

野田の山もとを伴ひありきて
翁にぞ蚊帳つり草を習ひける

と同時に、芭蕉自身も「蚤虱馬の尿する」旅寝を重ねてようやく上方文化の匂いのする金沢に辿りつき、北枝などの接待をうけた時は文字通り生きかえった心地がしたに相違ない。言ってみれば、芭蕉が北枝に示した親愛の情は、北枝をその一部としてふくむ金沢文化、或いは慣れ親しんだ京の流れを汲む文化圏へともどってきた喜びを表出したものであったのかも知れない。

掲出句は、その翌年の金沢大火で類焼の難にあった際、北枝の吟じたものである。不慮の大火で家財一切灰燼に帰し、庭の櫻樹も黒木に化してしまったが、さいわい花はすでに散ってしまった後で、今年も満開の花見を楽しむことができた。これが句意であろう。元禄三年四月二十四日付の北枝宛書簡で、芭蕉が「やけにけりの御秀作、かゝる時に臨み、大丈夫感心、去来・丈草も御作驚き申すばかりに御座候」と誉めあげたことによって、北枝の代表作とみなされている。

だが、それにしても、風狂を気どる北枝の衒《てら》いが気にかかる。そう思われる読者に、この句を、北枝ではなく櫻の樹が吟じたものとみることをおすすめしたい。

焼跡に茫然と立ちつくす北枝に、櫻樹ないしその精が、「このたびは、不慮の災難にあい、このような無残な姿になり果てまことに口惜しうございます。けれど、花は散り済まし、今年も無事満開の花をご覧にいれることができました。これがせめての慰めでございます」と語りかける……こう解釈することによって、北枝が「散り済ます」という擬人法をもちいた意味もあきらかになると思われる。

勿論、芭蕉は、このような解釈にもとづいて北枝を誉めたたえた訳ではない。明治以降〝ペダンティク〟が衒学的と訳されたこともあって、悪印象をもたれがちであるが、衒気そのものはさほどネガティブな価値をもつものではなく、伊達とも一脈相通ずる自己表現の資質であった。また、「狂句こがらしの身は竹斎に似たる哉」にみるように、芭蕉自身この意味での衒気を多分にもっていた。とすれば、芭蕉は、北枝のもつ衒気を愛すべきものとみなし、この句に賛辞を送ったものと考えられる。湖南蕉門の正秀にも同じような句、

蔵焼けてさはるものなき月見哉

があり、これにも芭蕉は同様な賛辞をおくっている。

浮草や今朝はあちらの岸に咲く　　乙由

中川乙由《おつゆう》（一六七五―一七三九）は芭蕉晩年の弟子で伊勢神官であった岩田涼菟に師事し、（支考門という説もある）伊勢派と呼ばれる一派をひらいた。伊勢の川崎に麦林舎という小庵を営んだことから、美濃派の各務支考とあわせて支麦派と呼ばれた。

支麦派は平俗、つまりわかり易く誰にもうけいれやすい作風で知られている。そのために句は何よりも憶えやすく、誰にも納得のゆくものであり、当時の人びとの共通体験ないし教養に呼応した感慨句、もしくは人生の機微にふれた喩句であることが望ましい。

支考、乙由の、

歌書よりも軍書にかなし芳野山

花さかぬ身をすぼめたる柳かな

はその代表的作例といえよう。

掲出句も、こうした譬喩句の一つである。一見単純な叙景句、昨日までこちら岸に咲いていたはずの浮草が一晩のうちに向う岸に寄りついて、小さな花を咲かせている。誰でも見たことのある初夏の水辺の小景をうたったものと思われる。

だが、この句が当時其角の、

稲づまやきのうは東けふは西

とならぶ「名句」ともてはやされたのは、人心のたよりなさを浮草に託して語ったとみなされたからである。

同じうつり気な人心を取り扱いながら、其角の句が雄大な自然現象を対象にしているのに対し、乙由の句ははるかに小さくたよりなげな浮草を対象にしている。それだけにヒューマンな味わいが深い。事実この句には、次のようなエピソードが残されている。

乙由はもともと材木商で、のち神宮の御師となったが、麦林舎という俳号に似合わず、年をとっても紅燈緑酒の巷を愛した粋人であったといわれる。ある時日頃から可愛がっていた若い遊妓を連れて古市に芝居見物に出かけたことがある。次の日行くと、その妓が他の酔客と別の桟敷にいる。そこで吟じたのがこの句だというのである。

ちょっと惜しいような、だが、所詮相手は水の流れに身をまかす浮草稼業のこと、それもいたしかたない……そんな気分を、或いはそう言い捨ててはみたものの、彼女たちからすれば、自分自身も含めてすべての男どもが仮の宿りにしかすぎないのではあるまいか、そんな自省をこめた感慨を吟じたものである。

ここへきて、日本の雇用制度は急速に変わりつつある。プログラマー、アナリスト、エディターなど、専門知識と技術を必要とする仕事がふえるにつれて、中途採用や年俸制の導入をはかる企業も増え、フリーターを自称する女性や若者の数も無視できぬ程増えている。

彼らの特色はなによりもまずフットルージングなところに求められる。今日はわが社にいるが、明日は他社にいってしまうかも知れない。特定企業へのロイヤリティはほとんどなく、あるのは放恣とも言える「自己」と「現在」への執着である。こうした自己中心性と現在中心性に色濃く染め上げられた彼らの行動パターンをあてにならないと嘆ずるのは簡単である。だが、今経営者にとって必要なのは、これら新しいワークフォースを自在に使いこなす度量と技倆、いわば自らを「仮の宿り」と考える経営のあり方なのではあるまいか。

たしかに彼らに社員と同じような企業に対するロイヤリティを期待することはできない。しかし、彼らは職業（場）や仲間に対する高いロイヤリティをもっている。また、社員を動機づける昇進、昇給などの報酬体系には感度がわるいが、ある仕事をこなすことによって体得できるスキルやセンスには高い関心をもっている。

要するに、彼らは、通常の社員と全く異なるワーキング・モティベーションとスタイルをもつ働き手なのであり、正規社員と並列的存在とみなし、それにふさわしい処遇をすることが要請される。

わびぬれば　身ぞうき草の　根を絶えて
　誘ふ水あれば　往なむとぞ思ふ

小野小町の作と伝えられる歌である。青鞜やウーマンリヴの主張の現れるはるか以前のわが王朝に、男どもにはおそろしいこのような歌をひそやかにうたう女流歌人がいたことを時折思いだすこともよいだろう。

霰《あられ》ふる音にも世にも聾《つんぼ》傘

馬光

長谷川馬光《ばこう》（一六八五―一七五一）は本名半左衛門直行、江戸本所に住む幕府の御家人であった。ここで御家人とは徳川直参の家臣のこと、江戸初期は将軍直属の一万石未満の家臣の総称であったが、中期以降、お目見得以上つまり将軍に直接謁見する資格のある六千余名を旗本、それに及ばない一万五千名を御家人と呼ぶようになった。岡本綺堂は「士」と「卆」と呼んで区別しているが、士官と兵卆程の意味であろう。

旗本の禄高が三千石から百石＝百俵未満まで幅があるのに対し、御家人のほとんどは蔵米五十俵にみたない禄高であり、役職につくことによって得られる足高《たしだか》によってようやく武家としての体面をたもつことができた。役職は軍務に服する番方とさまざまな行政職にしたがう役方にわかれていたが、太平の世を反映し時代がくだるにつれて番方の比重は小さくなった。いずれにせよ、役職につくことは容易ではなく、御家人の半数は無役であった。いわゆる小普請組である。

半左衛門も二、三十代は無役ですごし、四十一歳でようやく西の丸小十人組の番士にとりたてられた。この役は将軍出向の際の下見役で六十歳で致仕するまで奉公一途の生活を送った。とは言っても、そこは本所住まいの御家人のこと、勤番武士とは一味ちがう洒脱な気風や生活があったと思われる。

俳諧は、芭蕉と親交の深かった山口素堂に師事し、その茶室其日庵を継いで、以降、素堂を開祖として馬光、素丸……幕末の錦江へと九世続く葛飾派の基礎を築いた。この呼称は、素堂が葛飾に隠宅をかまえたことに由来する。葛飾は隅田川東岸、芭蕉庵のあった深川や本所よりさらに東、武蔵と下総の国境に位置し、当時は全くの田園地帯で、附近の農家では江戸の市中で売るための四季の草花を庭や畦道に植えていたという。つまり鄙びた中にも一抹の雅致ある土地柄であった。

素堂は多才な文人であり、その句風も多彩であったが、その中に、

西瓜ひとり野分をしらぬあした哉

のような平明洒脱で一種の禅味をおびた作品があり、葛飾派の俳人はこうした句風を継承したように思われる。

こがらしの音を着て来る紙子哉　素丸

秋の雲吹かれ次第や西の海　竹阿

さらに、彼らに師事した一茶の寛政期の句、

今迄は踏まれて居たに花野かな　一茶

もまたこの延長上にあると言ってもよかろう。

掲出句は、馬光が二十年に及ぶ番方の勤務を終え、隠居生活にはいった直後の感慨句である。聾傘とはいわゆる番傘のことで、もともと壺屋傘とも呼ばれており、それがなまってつんぼ傘となったといわれる。太目の竹骨に紙を張り油をひいてあるため音を吸収しやすく、細雨や霰は降っていてもその音がほとんど聴こえない。致仕したあと、それまでは当然に耳にはいってきた公務上の通達をはじめ上司、同僚の風評や世間話がふっつりと聴こえなくなった。はじめは、それを淋しく思っていたが、次第に慣れて、いまでは全く気

にしなくなった。そんな実感を聾傘に託して語ったものであろう。

江戸時代は隠居つまり役職をはなれるか家督をゆずって閑居することが武士だけでなく農工商、賎民にいたるまで社会的に制度化された時代であった。現在の定年後の生活はこの伝統を継承したもので、老人には、子どもと同様に遊んで暮らすことが社会的に容認されている。私の周囲にも、そうした特権を享受し、趣味やボランティア・ワークにうちこんでいる連中が少なくない。その中でも、五十代半ばで仕事をやめ専ら自適の生活を楽しんでいる隠居の達人とでも称すべき人物がいるが、彼にしたがえば、遊びに精出すのは序の口で、隠居道の極意は懶惰に親しみこれを楽しむことにつきると言う。

永井荷風は三十代から「老懶」の境地に憧れ、谷崎潤一郎は四十代で「懶惰の説」をものした。しかし、その後前者は大部の『断腸亭日乗』をのこし、後者もまた大作『細雪』をのこした。懶惰を友にすることはなかなか難しいものらしい。

懶《ものう》ければ老子も読まず、道《タオ》は書中に在らざればなり

林語堂の愛した詩人懶斉堂白玉蟾《せん》の詩文である。

行く年や同じことして水車

希因

和田希因《きいん》（一七〇〇―一七五〇）は加賀金沢の俳人、地元の薬種店の子息として生れ、分家して造酒屋をいとなむかたわら、俳諧宗匠として麦水、闌更、二柳《じりゅう》など多数の弟子を育てた。彼自身は、はじめ金沢蕉門の北枝に学び、支考、乙由にも師事した。

金沢は、いうまでもなく、加賀百万石として知られる前田家の城下町、前田家の三代藩主利常が二代将軍秀忠の息女珠姫を妻にむかえ一国大名としての地歩をかためたことから、居城を中心に犀《さい》川と浅野川を結ぶ北陸街道沿いにはやくから町屋が発展し、全国でも有数の経済的繁栄をほこった。北陸道は北国路を経て琵琶湖東岸で中山道、湖南で東海道と合し、海路は敦賀、小浜両港を経て、京、大坂と直結する。こうした立地条件によって金沢には京、大坂の工芸品や風俗が直接流入し、文藝的にも元禄期には名古屋とならび三都に次ぐ活況を示すにいたった。

このような背景のもと、季吟門の友琴など金沢にははやくから貞門、談林派の俳人たちが育っていた。蕉風は近江蕉門の尚白によって導入され、元禄二年芭蕉がこの地を訪れたことによって一気に加速され、北枝、牧童、万子、小春、句空、秋之坊などからなる加賀蕉門が形成され、その成果が『卯辰集』としてまとめられた。去来とともに『猿蓑』を編んだ凡兆、『炭俵』を孤屋、利牛と共に撰した野坡も金沢の出身である。

希因は、芭蕉が没した数年後に生れ、十代で北枝から俳諧の手ほどきをうけ、二十代で支考、三十代で乙由に師事した。芭蕉の直弟子、その中でも蕉風の平俗化の先駆をつとめた支麦派の両雄と親しく接する機会を得たことが彼の句風をきめたと言ってよい。平俗化への志向は、実は、北枝をはじめとする金沢蕉門の中にもあり、金沢の俳人の中で蕉風を最もよく体得していたと思われる一笑《いっしょう》をのぞいて、他の俳人は、もともと談林と蕉風の中間派とも呼んでよい、北陸独特の物の見方や感じ方を平易な表現に織りこんだなだらかな句風をもつ者が多かった。

北枝にしても、いかにも蕉風然とした句よりも、
さびしさや一尺きへてゆく螢

池の星またはらはらと時雨かな

など、平明な句によいものがある。同様に、

はる立やさすが聞きよき海の音　　　牧童

音程はものにあたらぬ野分哉　　　句空

一しぐれふる中程の心かな　　　秋之坊

などの句に、中間派ならではの面白さを読みとる読者も少なくないのではあるまいか。

希因はこうした俳都金沢に育ち、しかも支麦派の影響を存分にうけている。となれば、彼に掲出句のような句があってもおかしくない。だが、それにしても、「行く年や」、「水車」ともにありふれた五文字であり、中七も『炭俵』に杉風の〈このくれも又くり返し同じ事〉とあるように、上中下いかにも古着の仕立直しといった歳暮句である。実際、この

句のおもしろさは唯一希因が酒造業にたずさわっていたことによるものである。

現在はほとんどの工程が自動化されているが、江戸時代の酒造りはすべてが経験と勘にたよる手づくりである。それも多くの人手と日数を要する大仕掛けの手仕事の連続であった。特に、酒母に麹《こうじ》、蒸米、水を適当にまぜ合わせつつ醪《もろみ》を熟成させてゆく「添掛け」は細心の注意と配慮を必要とする作業であり、長年仕事をしている杜氏でさえ、「一年たりとも同じ年はない」と嘆息する程の難しさであったといわれる。毎年寒暖の異なる中で、麹という生き物を取り扱い、一定の品質をもつ酒をつくりだす。これは手工業の時代決して容易なことではない。しかも、長年にわたって同じ味を維持することは一層難しい。それだけに、晩夏近くにおこなわれる初飲み切りの一口には感慨深いものがあったにちがいない。

こんなことを思いあわせてみると、実は希因は水車に託し、ブランディングの基本原理「同じことをして、同じ成果を得る」ことの容易ならざることを語ろうとしたともいえよう。古着仕立にはそれなりの良さがあるようである。

常々の人柄見ゆる新酒かな　　東海

すがた見にうつる月日や更衣

也有

江戸時代を通じて多数の遊俳が各地にあらわれた。その中には、大坂の瓢水のように、富裕な船問屋の主人でありながら、俳諧にのめりこみ一代で家産を蕩尽した者もいる。他方、「風雅をもって家業を妨ぐべからず」を指針にして、俳諧はあくまでも余技と考え、家督を守り家業に精励することを旨とする者もいた。武士では也有《やゆう》、商人では大江丸などがそうした遊びと仕事のけじめをつけた代表的遊俳であろう。

横井也有（一七〇二―一七八三）は本名孫右衛門時般、徳川御三家の筆頭尾張家の重臣で一千石をとる梶井時衡の長男として生まれた。十七歳で六代藩主尾張継友の近習となり、以降七代宗春、八代宗勝に仕え、さまざまな役職を歴任したが、藩主にしたがい江戸城で将軍の謁見を得ること八度に及んだという。五十三歳で前津の別荘、知雨亭（半掃庵）に隠居し、八十二歳で没するまで自適の余生を送った。
俳諧には、祖父が季吟門であったこともあって、若い頃から興味をもち（也有がはじめ野又或いは野有と号したのは祖父の俳号野双を継いだものであろう）、その後、支考門の巴静の指導をうけたという。また、巴雀、不児、白尼など名古屋在住の美濃派の宗匠と交流があった。九年におよぶ江戸勤番生活もあって、折句《おりく》、廻文などの言語遊戯にも興味をもち、川柳を思わせるような洒脱な句を残している。

くさめして見失ふたる雲雀哉

物申の聲に物着る暑さ哉

晝《ひる》がほやどちらの露も間に合ず

捨時をしらぬ案山子の弓矢かな

このうち、「晝がほや」は名句としてもてはやされたが、これは川柳風の軽妙さが当時の点取俳諧に興ずる大衆に受けたものだろう。実際この句は紀逸の『武玉川』にも「晝がほは」として収録されており『柳多留』にも再録されている。

このように、也有は俳諧にとどまらず雑俳、和歌、漢詩、狂歌にも関心をもち、時には自ら琵琶を抱えて平家を語るという多彩な趣味人であった。とりわけ生涯綴りつづけた二百数十章におよぶ俳文をまとめた『鶉衣』は有名で、近世俳文中の白眉といわれ、現在もなお読みつがれており、永井荷風も愛読者の一人であった（他方、芳賀矢一、杉谷代水のように、芭蕉によって始められた俳文が「門人の其角、嵐雪、許六、支考等の手によってだんだんひねくり回され、ついに横井也有の『鶉衣』のような極端なところまで持っていかれた」として、これを「俳文の月並調」と酷評した国文学者もいた）。

現在入手し易い岩波文庫本（石田元季校訂）は、天明・文政年間に出版された刊本にもとづき、前編、後編、終編、拾遺四編（各三冊）からなるが、この拾遺下に「壽光先生傳」と題する也有の友人柳川海州の遺文がのせられている。

「壽光先生、もと山中を出て人間に交はり、つねに一人臺上に座して黙爾たり。人来たりて笑へば笑ひ怒れば怒れり。只人に順へり。是を莫逆とやいはむ。（中略）予久しく先生を拝せず、早《つと》に起き往きて拝す。げに先生や婀娜《あだ》たる美少年なりし。秋の露一度下り、蘭艾《らんほう》ともにくだけ、しら髪両鬢《びん》にたれ、笑へる歯あばらとなれり。かく零悴せることの須《しゅ》臾《ゆ》なるはいかむぞや。先生黙爾たり。（中略）予涙を含んでつらつら先生を見れば、先生も涙を含んでつらつら我を臨めり。（中略）さらむとすれば去らむとせり。立帰れば立帰り、しばしのわかれをしみ、共に黙爾としてわかれぬ。其後古かね屋を見れば、先生黙爾として居れり。また其後神路山に登りて見れば、先生猶また黙爾として居れり。先生のことは測るべからず」。

いうまでもなく、壽光先生とは鏡に映った自分自身のことである。この文章は也有のものではないが、彼の嗜好をうかがう一端になるだろう。実際この文の読後、掲出句を読めば一層その興趣が増すように思われる。句自体は、「うつる」を姿見に「映る」と「移る」月日の双方にかけ、誰もが経験する加齢にともなう容姿の衰えを嘆いたものと解釈できる。しかし、それだけではなく、衣更えのたびに少女（少年）から女（男）へと急速に変わってゆく子どもの成長におどろく親の嘆声ととらえてもよいし、また、姿見に映った互いの袷姿をなんとなく見かえりつつ、流れた月日をたしかめ合っている夫婦とみることもできる。要するに、この句の寓意は姿見の前に誰が立つかによって変化する……いわば句自体が読者の姿を映しだす鏡の役割を果しているのである。いかにも也有らしい、洒落た句づくりといえよう。

わが風で我吹きおとす胡蝶かな

千代

近世の女性俳人といえば、元禄期の〈二の字二の字の〉で知られる捨女からはじまって、智月、園女、秋色、くだって、千代、諸九、星布などが思い出される。その中で、とびぬけて高名なのは加賀の千代女《ちよじょ》（一七〇三―一七七五）であろう。頴原《えばら》退蔵博士は、山崎宗鑑から桜井梅室まで、六十五名の近世俳人の作品を収録した『名句評釈』の中で唯一人の女流俳人として彼女をとりあげ、江戸時代を通して、「その名声だけからいへば、千代女は恐らく芭蕉に比肩すべき地位」にいたと述べている。

だが、名声はともかく、千代の俳人としての資質や作品に対する評価は現在必ずしも高いとは言えない。おそらく、それは、明治二十八（一八九五）年の『日本』誌上に発表された「俳諧大要」で、子規が、彼女の代表作である、

朝顔に釣瓶とられてもらひ水

をとりあげ、「人々に膾炙する句なれども俗気多くして俳句といふべからず」と酷評したためであろう。

子規は、明治三十二（一八九九）年俳誌『ホトトギス』に掲載された「俳句の初歩」で

（一）理屈を含む句
（二）譬喩の句
（三）擬人法を用いた句
（四）人情を現した句
（五）誇張した形容をもつ句
（六）語句上の技巧を弄する句

をとりあげ、「写実的自然」描写を「俳句の生命」とする彼の立場からすれば、これらはみな正道から外れた「邪路」であると述べている。

前述の「朝顔に」に対する子規の批判は、こうした主張にもとづくもので、朝顔の蔓が釣瓶に巻きついているのを「とられて」と擬人的に表現していること、また、朝顔をいと

おしむ余り「もらひ水」をしたという言い方が誇張をふくむとみなされ、忌避されたものであろう。

子規の巧妙なところは、こうした句のおもしろさを真向から否定せず、彼自身もかつては愛好したことを認めた上で、だが、これらを賞玩するのはあくまでも初心の段階にすぎないときめつけたことである。誰も初心者とはみられたくないから、これ以降俳人たちは、この類の句を作ることはおろか、語ることさえしなくなってしまった。

実際、前述の六ヶ条に、諧謔と機智の句を加えれば、江戸時代人びとにもてはやされた句は、そのほとんどがふくまれてしまう。そして、これらはたしかに有名という意味では「名句」であるが、文学的に秀れたものではなく、しかも人々に膾炙しているが故に低俗であるというレッテルをはられることになってしまった。われわれがそうであるように、明治生れの世代も、それに先立つ時代に対していくつものアンフェアな仕打ちをしているが、これもその一つであろう。

千代は加賀国松任の表具師の娘で、幼少から俳諧にいそしみ、十七歳で支考に見出され一躍天才少女として喧伝された。以来七十三歳で亡くなるまで、半世紀にわたり才色兼備の女流俳人として諸国にその名を知られた。掲出句は、こうした経歴をもつ才女にふさわしい機智にあふれたものである。

蝶は自在に空中を飛びまわっているようにみえるが、その飛翔能力には身体構造上大きな限界があるらしく、ちょっとした風にも吹き落とされてしまう。とりわけ、小さな乱気流に弱く、まきこまれるとたちまち一〇―二〇センチも落下することがある。掲出句は、こうした蝶の生態に着目し、蝶を吹き落す風を蝶が自らの羽根でひきおこしたものとみなし、寓句に仕立てたものである。

この句は一見蝶の動きに関する観察がまずあって、そこから一時の成功に酔う者への誡めをひきだしたかのようにみえる。だが、専門家によると、蝶の羽根によってひきおこされる風力はきわめて微弱なもので、それによって蝶が吹き落されることなど、まずないと言う。とすれば、「わが風で我吹きおとす」という表現は、逆に人事上の観察を蝶の動きに転化したもの、つまり一時の成功が人にある種の勢いをつけ、周囲がその勢いを認めると共に自分もまた勢いに乗って飛躍を試みるが、往々にして歩幅を誤って転倒してしまう。こうした人生についての経験知になぞらえて蝶の動きを擬人化したものといえる。

さすが、千代女、なかなか心憎い句作りをするものである。同じ時期の江戸の茶人、川上不白にも、こんな句がある。

我影に追ひ付きかねるこてふかな　　不白

j.t

II

遅き日を見るや眼鏡を懸けながら

太祇

江戸時代の俳諧師の中には、氏素姓のはっきりしない者が少なくないが、炭太祇《たんたいぎ》（一七〇九―一七七一）もその一人。江戸の生れというほか、その出自はおろか本名さえわかっていない。太祇は、いうまでもなく、俳号であり、「炭」も「慶」紀逸や「謝」蕪村と同じ、当時の文人や画家の間にはやった漢字一字の「雅姓」である。

初号である水語の句は、寥和が延享二（一七四五）年刊行した『俳諧職人尽』前集に〈起かへる身延は寒し十三夜〉とある他、いくつかの句集に散見するが、いづれもとりたてて言うほどのこともない。これは太祇と号するようになっても同じことで、いくつかの句集や歳旦帳に作句がみられるが、特筆すべき作品はあまりない。

要するに、太祇は、島原で妓楼をいとなんでいた桔梗屋治介（俳号呑獅《どんし》）のはからいで、遊郭の一隅に不夜庵をいとなむまでは、ほとんど無名の存在であった。もし、その後蕪村に出会わなかったら、おそらく生涯無名の俳徒で終わったにちがいない。

太祇が蕪村にめぐり会ったのは五十八歳といわれる。人生もかなり押し詰まった頃である。以来六十三歳で没するまでのわずか数年間に、彼は『太祇句選』『同後集』その他に収録された一千余句にのぼる発句をのこした他、自選考訂した『鬼貫句選』の刊行を果したのである。

太祇の没後、呑獅の依頼をうけ蕪村と共に遺稿の整理にあたった嘯山は、晩年の太祇が「行住座臥」片時も俳諧を忘れず、宴席はもとより病床にあっても日課の句作を怠ることがなかったと述べている。実際、残された草稿は積みあげると大人の肩の高さにも達したといわれる（板行され、我々の目に触れるのはそのごく一部にすぎない）。こうした太祇晩年の文学的な高揚が蕪村との交流によってもたらされたことはいうまでもない。

この意味で蕪村なくして太祇はあり得なかったといえよう。他方、蕪村は、たとえ太祇がいなくとも、画家としては勿論俳人としても存在し得たであろう。しかし、太祇なき三菓社中の句会や蕪村の日常生活が、一条戻り橋の柳風呂通いをふくめて、よほど淋しいものになっていたことはまちがいない。

太祇は人事句に秀れていたといわれる。実際、

東風《こち》吹くとかたりもぞ行く主と従者

物がたき老の化粧や衣更

橋落ちて人岸にあり夏の月

初恋や燈籠によする顔と顔

など、ごくありふれた季詞を使っているにも拘わらず、いずれも背後に人事句特有の複雑な人間心理を感じさせる。このあたり老練な読者をもうなずかせる玄人好みの仕上がりになっている。

最後の句の「燈籠」は太祇の発案によって島原名物となった盆の飾り燈籠のことであろうか。はなやかな中にも一抹の淋しさをただよわせる「燈籠」に「顔と顔」を配することによって、恋愛と呼ぶにはあまりにも淡く幼い少年と少女の慕情をえがいたものである。「よする」という三文字がきいており、燈籠のもとに顔をよせあう二人のかすかな息づかいさえ感じさせる……恋を扱った発句としては近世俳諧中白眉といってよい。

掲句は蕪村の「懐旧」と題する〈遅き日のつもりて遠き昔かな〉をふまえ、老眼がすすみ、日頃読書はもとより絵を描くのにも難儀している作者を知っている太祇が、春日の遅々たる時のうつりを蕪村がどうやって見分けたものか、多分眼鏡をかけてみたのだろうとからかったものである。蕪村が老眼鏡を愛用していたことは、門人月渓がえがいた飄逸な画像からもうかがわれるが、蕪村の「遺稿」の中に〈行く春や目に逢《あは》ぬめがねうしないぬ〉という句があることからも知られる。

掲句は勿論寓句ではない。むしろかるい揶揄をふくんだ挨拶句、それも発句というよりは平句というにふさわしいものである。しかし、これら三つの句をならべて順に読みあげてみると何とも言えない可笑しさが伝わってきて、蕪村と太祇が井伏鱒二の短編小説に出てくる人物であるかのような親しみを覚えさせる。

友とは、「兄弟に友に」と言う言葉のあるように、本来中国では同族内の兄弟以外の同輩をさしたものらしい。また、わが国では、経験を共にする遊びや学び、仕事仲間をさしている。だが、これらの仲間がただちに「友」、とりわけ心を許しあう「心友」になるとはかぎらない。果して自分が何人の心友をもっているか、或いは、自らが彼らにとって心友たり得るか。遅々たる春日の一時眼鏡をかけて名簿を繰ってみるのもよいだろう。

二株の梅に遅速を愛す哉

蕪村

与謝蕪村《ぶそん》（一七一六—一七八四）は現在芭蕉、一茶とともに江戸時代を代表する俳人とみなされている。実際、近年刊行された古典文学全集などをみても、芭蕉を別格扱いしているのは当然として、蕪村、一茶で一巻をなし、其角をはじめ他の俳人たちを一冊にまとめているものがほとんどである。つまり、江戸期の俳諧は、十七世紀の芭蕉から十八世紀の蕪村を経て、十九世紀の一茶へと推移したという訳である。

だが、こうした評価はあくまでも明治以降のことであって、江戸時代を通じて、蕪村は俳諧よりも画筆で有名であり、同時代の俳諧宗匠としては、江戸の大島蓼太や尾張の加藤暁台の方がはるかに盛名をほこっていた。このどちらかといえば群小詩人にすぎなかった蕪村が芭蕉に次ぐ大家とみなされるようになったのは、いうまでもなく、明治になって、子規が彼を「芭蕉に匹敵すべく、あるいはこれを凌駕する処」ある俳人として賞揚したためである。その後、野口米次郎や萩原朔太郎の評価もあって、蕪村の声価は次第にたかまり、特に、「北寿老仙をいたむ」に代表される「俳詩」が近代詩の先駆とみなされたことから、芭蕉とならぶ高い評価を得るにいたった。

これは、発句についても言えることであり、たとえば

陽炎《かげろう》や名も知らぬ虫の白き飛《とぶ》

古井戸や蚊に飛ぶ魚の音くらし

斧入《いれ》て香におどろくや冬こだち

など、大正・昭和の俳人のものと言ってよい近代的な感覚や表現をもつ作品が少くない。

蕪村は其角を俳中の李白にたとえた上で、「それだに百千のうち、めでたしと聞ゆるは二十句にたらずと覚ゆ」と述べたが、このことは、他ならぬ蕪村にもあてはまり、彼の発句の中には凡句も多数残されている。しかし、蕪村のおもしろさは、これら凡百の句の中

にも現代人の情感に訴えるものが少なからずあることで、

折釘に烏帽子かけたり春の宿

みじか夜や小見世明たる町はずれ

かなしさや釣の糸吹くあきの風

など、そうした普段着のよさをもつ「凡句」といえる。

いずれにせよ、芭蕉はそのストイシズムが気にかかるし、一茶は少々野卑にすぎる。蕪村の文人趣味あふれる小世界あたりが、昭和前期（戦前）のプティ・ブージョワの系譜につらなる現在の知的中間層には居心地がよいのであろう。蕪村の愛好者はますますふえる傾向にある。

掲出句は、蕪村の文人趣味を支える古典好みを反映したもので、『和漢朗詠集』の「東岸西岸之柳遅速不同、南枝北枝之梅開落已異」と『徒然草』の第百三十九段にある京極入道中納言の故事をふまえている。京極入道中納言とは『新古今和歌集』の撰者である藤原定家のことであり、この段で、兼好は、家にありたき木は松とさくらと述べた上で、梅は紅白、一重、二重いづれもおもしろいが〈「ひとへなるが、まづ咲きて散りたるは、心疾《と》く、おかし」とて、京極入道中納言は、なほ一重梅をなん軒ちかく植えられたりける。京極の屋の南向きに今も二本侍《はべ》るなり〉という挿話を伝えている。

蕪村は、この故事にならって自らの草庵にも二株の白梅を植えたもの（と想像したの）であろう。定家卿はせわしく咲いては散ってゆく一重の梅を「おかし」と評したが、全くその通り、しかも、開花落花の時期は二株の間で異なり一本の木でも南枝と北枝では、ずれがある。はじめは一緒に咲けば見事だろうと思ったものだが、いまではむしろその微妙な遅速をいとおしく感ずる。『徒然草』の「二株の梅」と『和漢朗詠集』の「遅速」を映発させながら、これを「愛す哉」と詠んだところがいかにも蕪村らしい。

「わせ」と「おくて」の区別は企業のおこなうさまざまな事業や研究開発にもあてはまる。個人や事業はそれぞれ固有の成熟経路とそれに要する時間をもっており、これらには自づからなる「遅速」がある。経営者なら誰でも、わきまえているこの事実認識をこえて、しかし「遅速」を愛する心境にまでいたるのはなかなか難しい。

とはいえ、時に応じて、経理や営業担当役員の性急な要求をたしなめ、「二株の梅の遅速」について語ってみせることも、ＣＥＯたる者が持つべき「余裕」なのではあるまいか。

逆ひつ乗りつつ風の燕かな

嘯山

三宅嘯山《しょうざん》（一七一八―一八〇一）は、その俳号や句風から、いかにも武家の出のように思われるが、実は京の質商の子息である。と言っても、三宅家は、その一族から三宅石庵、観瀾といった儒学の大家を出している程の好学の家柄である。石庵は大坂に懐徳堂という学問所を設け、広く町人の子弟の訓育にあたったが、上田秋成とも親交があったと言われる。洒脱な人柄で、ある時講席で下帯を落し、見かねた弟子がそれを知らせると「面目次第もござらぬ」と言ったものの平然と講話をつづけたという逸話が残されている。また、観瀾は乃木大将が自刃するに先立って迪宮（昭和天皇）に山鹿素行の『中朝事実』と共に彼の『中興鑑言』を贈ったことで知られている。

当時の京都の町方には、いわゆる町衆の伝統のもと教養を重んじ、子弟に学藝をまなばせる気風があった。こうした家庭環境の中で、嘯山も幼少から漢詩文に親しみ、葎亭、滄浪居、碧玉江山人等の別号からもうかがわれるように一流の漢詩人でもあった。その漢学の素養は仁和寺の青蓮院で侍講をつとめる程であったが、当時としては珍しく白話（口語）にも通じており、『通俗大明女仙伝』という訳書もある。俳諧は、夜半亭巴人の弟子である宗屋についたと言われるから、書家であり篆刻に秀でた武然、芭蕉研究家として名高い蝶夢とも同門ということになる。蕪村や太祇との交遊も深く、ついでに言えば、嘯山の妻は、蕉門の俳人で医師として芭蕉の最期を看取った木節の孫であった。

嘯山は、四十五歳で刊行した『俳諧古選』で一躍その名を知られることになったが、同書は、守武、宗鑑から元禄を経て享保期までの代表的な発句を一千余選びだし、各句に漢文で短評をつけた、当時流行の『唐詩選』の俳諧版とでも称すべきものであった。嘯山の漢詩文でつちかわれた鑑賞眼のたしかさもあって、続刊された『俳諧新選』と共に幕末にいたるまで広く愛読された。

これら句評があまりにも有名であるために、作句の実力はもう一つと言われる嘯山だが、

闌《た》けながらせまらぬ春の行衛かな

野をわたる雲を蹴て立つきぎす哉

雪晴れて湖《みずうみ》北へ貫けり

など、いずれも姿情のととのった名句といえる。他方、嘯山は、

遅き日や土に腹つく犬の伸び

しゃくやくを日々にほどくや蟻の舌

暗がりの鰈に餘寒の光かな

など、身辺のささいな出来事を見逃さない精緻な観察眼の持主でもあった。冒頭の句は、この嘯山の観察眼がとらえた自然寸描の一つである。同じスズメ目に属しながら、礫を打ったように飛ぶ雀とはことなり、空中を自由自在に飛びまわる燕の飛泳ぶりを見事に写しとっている。

これだけでは寓句にならないが、実は、「つばめ」には、西鶴の『世間胸算用』に「人みな年中の高ぐくりばかりして、毎月の胸算用せぬによって、つばめのあはぬ事ぞかし」とあるように、「物事を総括し、とりまとめること。特に金銭をとりまとめて、合算すること。また収支の帳尻を合わせること」（『日本国語大辞典』）という意味がある。

現在は、完全に死語化しているが、江戸時代はもちろん、明治末年まで商家では使われていたらしい。大正期、江戸以来の商家経営が近代的な会社経営へと変化していく中で人びとの記憶の外へとこぼれだしてしまった言葉の一つであろう。本来「つばめる」の名詞化であり「つばめを合わす」或いは「つばめをつける」という使い方もされたが、これに同音の燕をあてて「燕算用」とも書いたといわれる。

前世の因果で、雀が稲をついばむのを許されているのに対し、燕は日々せっせと虫を追う一生を送らねばならない。だから、燕は〈ツーチクル、ツーチクル、ツィーチー〉つまり「土食って虫食って口渋い」と鳴いているのだと、明治生れの祖母から聞いたことがある。そんな古くからの聞きなしに、前述の意味を重ね合わせて、「逆らひつ乗りつつ風の燕算」とすれば、この句のもつ寓意はより一層あざやかに一抹の哀切感をふくむものになると思われる。

秋霜の威や今更にはつかなる

麦水

堀麦水《ばくすい》（一七一八―一七八三）は通称池田屋平三郎のち長左衛門。加賀金沢の蔵宿の次男として生まれた。蔵宿とは武家を相手とする札差のこと、つまり武士の扶持《ふち》米を売ることによって手数料を得ると共に扶持米を担保にして金子を用立てる江戸時代特有の金融業である。

このような、商家ではあるが、当時としてはとびぬけて富裕で特権的な家庭に育ち、幼少からさまざまな藝事に親しみ、学問に励んだこともあって、麦水は博学多趣味な教養人であった。若い頃上方で過し、帰郷後、家業を継いだ甥の後見役をつとめた。だが、それでおさまらず、家業のかたわら、医道を修め町医者を開業する。稗史、奇談の類を執筆して評判をとる。各地の俳人を訪ねて俳論をたたかわせるかと思えば、長崎に下って「蛮語数学」を学ぶ。また、南京将棋（中国将棋）に精通し、晩年には、藩公の指南役として五人扶持を得るなど、多藝多才振りを発揮した一生を送った。

俳諧は、はじめ美濃派の百雀斎五々につき、和田希因の指導をうけ、伊勢派の麦浪（乙由の子息）に師事したというから生粋の支麦派である。だが、同派の平俗調にあきたらないところがあり、三十代に入ってから、七部集を精読し、『みなしぐり』時代の芭蕉の作風こそ自分の継承すべき正風であると考えるにいたった。

『みなしぐり』は、芭蕉自身が跋文に記しているように、李杜の詩境に寒山の脱俗と西行の風雅を結びつけることによって新たな俳境を見出そうとする試みであった。「佶屈」な漢詩文調に特色があるが、漢学の素養のあった麦水にはかえってなじみやすかったのであろう。

安永二（一七七三）年の『蕉門一夜口授』で、世間には芭蕉晩年の「すみ俵のたぐひをやすき道とて好む」人びとが多いが、むしろ自分は「堅くむつかしき句をさがし、ひたぶるに貞享初門の時の事に心を置ク」と述べ、更に安永五（一七七六）年には自ら『新みなし栗』を編纂し、芭蕉復帰への先導役をつとめた。

しかし、俳論家としてはともかく、俳人としての麦水への評価は現在必ずしも高くない。それは、逆説的だが、彼の句の完成度がきわめて高く、読者が作品を通じて作者と対話しにくい点に求められる。実際、代表作といわれる、

よわよわと日の行《ゆき》とどく枯野哉

入りかねて日もただよふや汐干潟

ほととぎす麦の月夜は薄曇《うすぐもり》

などはいづれも申し分のない出来ばえである。だが、現代の読者にはもう一つ訴えかけるものがない。

勿論、麦水が、常にこのような自己完結性が強く、したがって作者の顔がみえない句づくりをしていた訳ではない。例えば、雪に埋れた左京を訪れた折の〈竹の雪勧学院もこのあたり〉のような、感興句も少なくない。いや、むしろ彼の句集をひもとく楽しみは、このような句を探しだし、博学多趣味な麦水の時と処に応じた感興や感慨にふれることにあるとも言える。

掲句もまたこのような感興句の一つ。前書に「苅萱の関あと」とあるように、明和八（一七七一）年麦水が、肥前長崎への旅の途上、筑紫の大宰府の南門にあった古代の関趾を訪れた際に詠じたものである。

「喜びは春陽の如く、怒れば秋霜の如し」と言われるように、秋霜は一度到れば林野を枯色に一変させる威をもっている。かつては、秋霜にも比すべき威勢によって旅人を畏怖させたはずの苅萱の関も、いまはその威を感じさせるものはほとんどない。しかも、故郷の北陸とは異なり、この土地では晩秋になってもなお処々に緑が残り、秋霜の威そのものが「はっか」（かすか）にしか感ぜられない……人為と自然、二重の威のおとろえに接した旅人麦水の率直な感想を述べたものといってよかろう。

「今更に」は「今更さらに」の略であるが、この五文字の中に作者の懐旧の念と無常観のないまぜになった感慨がこめられている。

「威による支配と畏による従属」は比較行動学をもちだすまでもなく、個人（体）間に優劣のあるところ必ず成立する関係であり、これと相補的な慈＝慕（いつくしむ＝したう）関係と共に、最も基本的な人間の絆をかたちづくるものである。この関係は不変であるが威のありようは時と処によって変わり、威を体現する個人や組織もまた時代と共に変わらざるを得ない。秋霜烈日の威も次第にはっかになり、そしていつか消え失せる。

頼朝もせはしき回り燈籠かな　　里東

世の中は三日見ぬ間に桜かな

蓼太

大島蓼太《りょうた》（一七一八―一七八七）は嵐雪門下の櫻井吏登の弟子、つまり芭蕉の曾孫弟子にあたることになる。嵐雪から雪中庵を受け継いだ吏登は、名利にこだわらず、竹内玄玄一の『俳家奇人談』によれば「老後深川北島の巷にト居せし頃は、畳二枚を敷くのみにて、書をつみ机を置けば、実にひざを容るるの席もなし」といった貧素な生活を送り、没するにあたって、「我に句なし」と十八句のみを残し、他をことごとく棄て去ったといわれる。このような剛直な吏登の意にかない、弱冠三十歳で雪中庵三世を継いだ訳であるから、蓼太もそれなりの人物であったにちがいない。

実際、宗匠となってからの蓼太の活躍は目覚ましく、わずかの間に雪門を江戸随一の流派に仕立てあげたのである。何しろ、一代で編撰した句集が二百部をこえ、門弟は三千名余、そのうち立机した者が四十人余りというからたいしたものである。盛名は江戸はもとより全国に及び、武士、富商との交際も広く、その日常生活は師の「清貧」とは程遠いものになった。それだけに、作風が通俗にすぎるとか理屈におちるという批判をうけている。

掲句は、寥太の句の中でも

むっとしてもどれば庭に柳かな

と共に、寓意性のつよいことで知られている。

人びとの意思伝達が「読み言葉」よりも「話し言葉」に依存していた時代には教育は本を読むことよりも、人生のさまざまな場面で年長者から口づてに伝えられる「ことわざ」にたよることが多かった。したがって、語調がよく、意味もわかり易い「ことわざ」としての俳諧への需要は、いまよりもはるかに大きいものがあった。はじめは、古いことわざを俳諧にとりいれていたものが、やがて俳諧で新しいことわざをつくりだしてゆく。当時の人びとにとって俳諧という文藝の形式をとったことわざは、われわれが考えるよりもはるかに新鮮で刺戟的なものであったにちがいない。

口から口へと伝えられてゆく過程を通じて、原句は言い換えられて、一層教訓としてわ

かり易いものへと変ってゆく。よく知られている、

世の中は三日見ぬ間の桜かな

という改作は、こうした伝播過程の産物であり、当時の人びとのいだいていた暗黙の世間知を反映したものであろう。

もともと、この言いかえは、人びとの会話の中で「世の中のことは、すべて〈三日見ぬ間〉の桜でございますな」といった類の寥太の句の引用から始まったものだろう。それが次第に引用の意味を失い、「三日見ぬ間の」に変化し、原句とは異なった寓意をもつようになったが、その口調のよさのために、より多くの人びとの口にのぼり広く流布されることになったのではあるまいか。

この句のキーワードは、いうまでもなく、「世の中」と「桜」であるが、これらを「三日見ぬ間に」という否定形でひょいと結びつけてしまったところに、作者の力量が感じられる。

おそらく、実感としての「三日見ぬ間に桜かな」がまずあり、これにいかなる上句をつけるかを工夫したとみられるが、ここで具体的な地名ではなく、象徴性のつよい吉原や吉野さえとびこえて、思い切りよく「世の中は」を冠したところに寓意作家としてのさえが

みられる。三日見ぬ間に満開になった桜花が三日のうちに散り去ることは誰でもわきまえている。物ごとのうつりかわりのすばやさについてのいまさらながらの驚きと移ろいへの予感が「桜かな」にはこめられている。

周知のように、革新への人びとの態度は、新しいものなら何でもとびつくネオフィリアとあらゆる新しいものを拒否するネオフォビアの両極端をふまえ、全体として正規分布をなしている。その結果、新製品導入にともなう販売額の時間的推移は、はじめはゆっくりと、次いで急速に拡大し、やがて飽和状態に達するというS字カーヴをえがく。「三日見ぬ間に」の驚きは、この変化曲線が変曲点をこえて一気に上昇してゆく段階に対応している。また、「三日見ぬ間の」の嘆きはそのあとに続く平行ないし下降段階を味わった者の思いであろう。

情報化の進展によって、人びとの商品受容パターンは急激に変化し、一部のコンビニエンス・ストアでは、新商品の売上は導入時に最も高く、あとは減衰するのみという新しい事態が生じている。タイミング、つまり潮時をみる能力はマーケターの不可欠の資質であるが、この要件は一層きびしくなりつつある。

寥太の句は、言いかえの句と表裏一体をなし、現代マーケターの哀歓を先取りしているように思われる。

つながるゝ三尺の世やさるまはし

大江丸

大伴大江丸《おおえまる》（一七二二―一八〇五）は江戸中期の大坂を代表する遊俳である。本名は安井政胤、大和屋（大坂）、嶋屋（江戸）の屋号で広く知られた飛脚問屋の主人であった。飛脚は江戸時代独自の発展をとげた郵便制度で、古代の駅伝制や中世の京と鎌倉を早馬で連絡した鎌倉飛脚にならって、徳川幕府が全国的に整備したものである。幕府の公文書をはこぶ継飛脚、諸藩御用をつとめる大名飛脚、それに町方の需要に応ずる町飛脚があった。

大和屋は、いうまでもなく、町飛脚であったが、当時中之島を中心に淀川両岸に諸藩の蔵屋敷が立ち並び、大坂は米穀流通の一大拠点であり、堂島の米相場の結果である産地別米価を記した「相場触」の配布をはじめ大きな飛脚需要があった。政胤は二十八歳で家を継ぎ、善右衛門を名のり、以降家業に精励し、晩年には三都をはじめ全国七ヶ所に店舗をもつ業界随一の通信網をきずきあげた。

当時の飛脚便は大坂と江戸の間を通常六日から十二日間かけてはこばれたが、急便はわずかに三日間、大坂—桑名、桑名—箱根、箱根—江戸間を一昼夜で駆けぬけたといわれる。

政胤は、少年の頃から俳諧に親しみ、はじめ江戸の旧室につき芥室、次いで大坂の良能について舊州（舊国）と号した。蕉風には目もくれず、時に点取俳諧にも興ずるなどもっぱら談林風の俳諧を余技として楽しんでいた。だが、四十五歳の時、たまたま松島を商用で訪れた際、筆墨をそろえ、「われこそは」と意気ごんだものの「風景にけおされて一句もできず」一晩苦吟し、そのあげく翌朝ふと心にうかんだ句を書きとめたところ、それが当時江戸で芭蕉復帰を唱導していた大島蓼太の作であったことから、帰途ただちに雪中庵を訪ね、その門下となった。

隠居後は俳諧三昧の生活を送り、古稀を記念して俳文集『俳諧懺悔』を刊行、七十四歳で大伴大江丸と改号、傘寿を祝して『俳諧袋』を刊行するなど、多彩な俳諧活動をくりひろげ、八十四歳の長寿をまっとうした。そのため交遊は広く、天明期に活躍した鳥酔、蕪村、曉台、闌更、二柳から文政年間の成美、一茶にまで及んでいる。

句風は平明で口語調をよくし、特に、西国行脚の途中大坂に立寄った無名に近い放浪俳人一茶にあたえた餞別句、

雁はまだ落ついてゐるに御かへりか

は、鬼貫の〈そよりともせいで秋たつことかいな〉の時代をこえた応答句ともいえる〈あきたつと思ふ心が秋かいの〉と共によく知られている。と同時に、

秋来ぬと目にさや豆のふとり哉

白團《しろうちは》となりの義之にかかれたり

など、古歌や和漢の故事にちなんだ機智に富む句づくりを得意とし、それがまた大江丸を有名にした。だが、そればかりでなく、

あさがほに傾く塔のしづくかな

そらまめやしどろに花のこむらさき

夕かぜやほたるの中の洗ひ馬

吹ぬける鱸の口や秋の風

といった独特の趣きのある佳句を残している。

掲出句は、「寓感」と題し、三尺の綱でつながれ、猿回しの意のままにあやつられる小猿のあわれな身の上を吟じたものである。寓意はあきらかであるが、一見小猿をあやつっているかのようにみえる猿曳き自身もまた同じ綱につながれ、三尺四方の世界をでることができない。しかも小猿を自在にあやつっている猿廻しの自在さそのものが、小猿のもつ能力に制約されている。使う者と使われる者、操る者と操られる者が実は同じ宿命を背負わされていることを寓していているともいえる。

この意味で、掲句は、脚力と胆力だけが自慢の飛脚共を駆使して長年にわたり稼業をつづけてきた大和屋主人としての政胤のある種の諦観をこめた感慨句といってもよいだろう。

一とせも暮たり猿の綱わたり　巴人

枯蘆《かれあし》の日に日に折れて流れけり

闌更

高桑闌更《らんこう》（一七二六―一七九八）は天明の中興諸家の一人。加賀金沢の商家に生れ、はじめ支麦派の希因に師事したが、後に芭蕉に心酔し、同郷同門の麦水と共に芭蕉復帰、つまり「芭蕉に帰れ」運動の熱心な唱導者となった。

しかし、両者の姿勢はかなり異なっており、麦水が過激派であったのに対して、闌更は温厚派であったと言われる。これは句風にもあらわれており、麦水が、

椿落ちて一僧笑ひ過ぎ行きぬ

といった工夫をこらした難解な句調を得意としたのに対し、闌更は、

大木を見てもどりけり夏の山

のような平明自然な句境を好んだ。

闌更は、金沢を出て京都に落ち着くまで、各地を旅し、江戸にも一年程とどまり二夜庵をいとなんだが、冒頭の句は、その時つくられたと言われている。

折蘆という言葉もあるように、蘆は茎が中空になっており、元来折れやすいものである。まして枯蘆ともなれば、無残に中途から折れ伏し、しかし千切れもせず、半身を水につけ、いつまでも寒風の中に身を晒《さら》している……その枯蘆も冬の終わりに近づくにつれて、にわかに水嵩を増した川の流れに抗しきれず、日に日にその姿を消してゆく。

闌更のことであるから、そんな水辺の光景をありのままに吟じたものであろう。だが、人々が、彼を枯蘆の翁と呼び、この句をもてはやしたのはほかでもない、その中に蘆に仮託された人生の摂理——世代交番とそれにともなう哀歓を読みとったからである。

ある句が寓句として成立するための条件はいくつかある。

その一つは、人々が句の中の対象、この場合は蘆について日頃から慣れ親しみその生態を知り尽くしていることがあげられる。この結果、蘆についてどんな部分像をあたえられても、人々は、これを手がかりにして、ただちに蘆の一生について全体像を描き出し、これを支配する摂理に思いをいたすことが可能となる。

実際、人々は、枯蘆の流れ去ったあと、旬日を経ぬうちに、錐のように細い薄緑色の若芽が水面にしなやかな角を出し、やがて大人の背丈をはるかに越える高さに伸びてゆく、つまり、蘆が死から生、老から若への世代をこえたサイクルないしリレーのもとにあることを知っている。だからこそ、人々はこの句の中に過ぎゆくものへの詠嘆だけでなく來たるべきものへの期待と予感が鋳込まれていることを読みとるのである。

さらに人々は、夏のあいだ野放図に繁っていた青蘆が秋の到来と共に生色を失い、次第に枯色を深め、ついには寒風に晒され、水辺に佇立する運命にあることを知っている。だからこそ、世代交代に伴う哀歓への思いが一層つのるのである。

蘆の世界に見られるこのような摂理は、人間の世界にあてはまる。寓句を成立させるもう一つの条件は、読者による蘆と人とが共有するこの摂理の認識である。

蘆と人とをつなぐのは、摂理ないし道理の認識であって、イメージではない。ともすれば、寓意性を持つ句が「理に落ちる」というそしりを受けるのはこのためである。だが、蘆の運命に人のそれを重ね合せる、つまり蘆を人とみなし、人を蘆とみなすことによって、蘆と人について新たなイメージがつくられる。このイメージの創発性が寓句の優劣をきめる鍵となる。感性の世界に止まっている限り寓句は生まれない。といって知性にのみ依存する寓句は理に落ちる。感性から知性、知性から再び感性の世界へと読者をいざなう仕掛を秘めることによって寓句は独特の輝きをますことになる。

闌更の句がこの意味での秀句であるか否か。その評価は人によってまちまちであろう。だが、当時の人々がこれを寓句とみなし、その寓意性を高く評価したことはまちがいない。寓話がそうであるように、寓句もまた社会ないし人間批評の一形式である。従って批判する側、される側、いずれに立つかによって、句の解釈も異ならざるをえない。

わが身を枯蘆の流れ去ったあとに現れる若蘆の側に置くならば、これは揶揄の句とみなすこともできる。ほぼ同時代の也有の次の句が思い合わされる。

あふむいて眺むる翌日《あす》の落葉かな

他方我が身を枯蘆に重ね合せるならば、これは次の嵐雪辞世の句と同じ、老人の自得の句といえる。

一葉ちる咄一葉ちる風の上

傘の上は月夜のしぐれかな

召波

黒柳召波《しょうは》（一七二七―一七七一）は明和年間京を中心に活発な藝術活動を展開した蕪村グループの一人。もともと漢詩を学んでいたが、四十歳をすぎて蕪村の三菓社に加わった。それ以来句作に明け暮れる晩年を送り、几董、大魯と共に蕪村門下の三傑といわれた。蕪村は、〈愁いつつ岡をのぼれば花いばら〉に代表されるように、近代詩に通ずるリリシズムの持主であったが、彼らも、

かなしさに魚喰ふ秋のゆうべ哉　　几董

とんぼうや聲なきもののさわがしく　　大魯

たんぽぽもけふ白頭に暮の春　　　　　　　　召波

などに示されるように、現代人の共感を呼ぶ対象をみつける視点とこれを表現する語法をもっていた。

彼らの活動していた一七六〇―七〇年代は英国で産業革命が始まったばかり、アメリカの独立宣言（一七七六）こそなされていたが、フランス革命（一七八九）はまだ始まっていない。言ってみれば、世界中の文明と文化が十九世紀の西欧文明の進出を目前にしながら、静かなまどろみを続けていた時代であった。同時にそれは世界の生物・文化的多様性がもっとも豊かに花咲いた地球社会の一つの「絶頂期」でもあった。

事実、この時代世界各地に手工芸技術にもとづく都市文化が多彩に開花したが、日本も例外ではなく江戸、京、大坂を中心に春信、応挙、大雅、秋成、宣長、梅園、源内、石亭、良沢、玄白などが活躍し、学藝は飛躍的な発展を示した。

召波は、こうした時代の京の豪商であり、等持院のあたりに隠宅を構え、閑暇を楽しむ生活を送っていた。離俗を旨とし書画に親しむ、特に読詩を通じて句作のイメージをふくらませる蕪村の詩論を実践した召波の生活がどのようなものであったか、想像の域をでないが、当時の文人たちが、現在の「文化人」よりもはるかに良質のライフスタイルを楽しんでいたことはまちがいない。

蕪村との交流を反映して、召波の句には、何気ない風景や人事描写の背後にある種の物語を感じさせるものが少くない。

名月に辻の地蔵のともし哉

寺深く竹伐る音や夕時雨

長き夜の寝覚め語るや父と母

などは、その代表例であるが、特に最後の句は大正、昭和期の私小説に通ずるストーリー性を秘めているといえよう。

冒頭に掲げた句は、召波がめずらしく素直に京のしぐれのありようを実感のままに吟じたものである。しぐれは時雨とも書くように、晩秋から初冬にかけて降ったりやんだりする小雨のこと。春や夏ならば、傘なしでもすむが、季節が季節だけに濡れることをいとい、重い傘をさしてせっせと帰途を急いでいるうちに、気づいてみると、いつのまにか雨は行き過ぎ、雲ひとつない夜空に月が輝いている。何か損をしたような得をしたような微妙な心地を抱きつつ、自分のうかつさに苦笑する。誰でも知っているそんな経験が思い浮かんでくる。

だが、もう少し皮肉に、作者は二階にいて道を通り過ぎる人びとを眺めていると解釈することもできる。空はすっかり晴れて、月さえでているのに、何人か傘をさして歩いている連中がいる。傘の上はまさに月夜なのに、傘の下ではまだしぐれがつづいている。傘一本を境にした客観と主観の世界の相違を、召波は見事に描きだしているといえよう。

夏に夕立、冬に時雨があるように、景気変動は市場経済の必然的な随伴現象である。しかも夕立や時雨がそうであるように、景気変動も一過性であるところに特色がある。永遠につづく好況もなければ不況もない。そうした道理はよくわかっていながら、つい傘を忘れて遠出して冷雨に濡れたり、そうかと思うと、逆に、月夜に傘のしくじりを繰り返す。これが多くの経営者の実態であろう。

傘をささない限り、しぐれを避けることができない。しかし、傘の下にいる限り、しぐれの行き過ぎたことを知ることはできない。少くとも、それに気づくのが遅くなる。景気回復のテンポがともすれば遅れるのはこのためであろうか。

さくら散る日さへゆふべと成りにけり　　樗良

三浦樗良《ちょら》（一七二九―一七八〇）は志摩鳥羽の人。はじめは貞門系の無敵斎百雄に師事したといわれるが、伊勢地方で当時隆盛をきわめていた麦林派の影響のもとに句作をはじめた。その後、蕉風にめざめ、伊勢山田に無為庵をいとなむとともに、各地を行脚し芭蕉復帰の運動をくりひろげた。晩年は、京都にも居をかまえ蕪村一派との交流も深く、そのせいか、句はあくまでも平明である。だが低俗におちいることなく独自の句境をかたちづくったといわれる。

樗良の平明な句風については、鈴木道彦の「樗良は淡白に過ぎて、上天の如く、音もなく香りもなし。さらに只事を言ふに至る」という批評が知られているが、子規も樗良の句を「平淡にして無雑作」であることから「素湯」に似ているとし、その至味あるものを「麦湯」にたとえて、「天を喜ばしむるほどの味無き代わりに胃を害するほどの毒も含まず、平々淡々の中に幾許かの味を備え、無効無害の内に多少の渇を医す」といった、誉めたのか腐《くさ》したのかわからない句評を残している。

人びとは、樗良が蕪村と同時代の俳人でありしかも蕪村との交流が浅からぬことから、つい彼の句作に蕪村と同じような絵画性や物語性を求めてしまう。そして、彼の句がこのような期待をみたしていないために、その失望感を「平淡にすぎる」と表現する。言い換えれば、「平淡」とは蕪村色の希薄さを意味しているにすぎない。

同様に、人びとは、樗良が芭蕉復帰を唱えたことから、彼の句の中で芭蕉に通ずる閑寂な趣好をもつものを正風をうけつぐ秀句として取り上げ、他はなくもがなとみなしがちである。

しかし、たとえ樗良が蕪村と親しく交際し、芭蕉を敬愛していたからと言って、彼が蕪村、芭蕉と同じような句風をもたねばならぬという道理はない。樗良には彼なりの美意識とその上に成り立つ俳境があったと考えるのが妥当であろう。

樗良の美意識、あるいは詩的感覚をうかがわせる作例として、次の二句をあげたい。

あらし吹く草の中よりけふの月

初雁や月のほとりよりあらはる丶

前者は、蕪村が几董あての書簡の中で「良夜の句は……是より外なく候」と述べたことで知られているが、蕪村の華麗ではあるが静止した絵画的世界とは全く異質の動的な映像世界が描き出されている。あらしといっても、野分に近い雨をともなわぬ強風が吹き荒れ、秋の草々の葉先が乱れにみだれて激しくゆれている。その背後に中秋の名月が静かにのぼってくる。前景の草々と後景の月、その動と静のとりあわせが絶妙である。

後者は、初雁の到来を詠じたもので、まばゆいばかりの月光をあびながら初雁が山の端から一羽ずつ湧き出るように現れてくる。或いは、樗良自身が落雁を添えた俳画を残していることから、中天の月のあたりから初雁が次々と姿をあらわし舞い降りてくるとも考えられる。

いづれの句も、近くのものははげしく動き遠くのものはゆっくり動く、時間にもとづく遠近法とも称すべき樗良独特の手法をもちいたもので、モノクローム映画の一シーンを先取りした時間の流れを感じさせる。

とはいえ、樗良が現代人と同じ時間感覚をもっていたと考えるのは早計にすぎる。西洋時計が導入されてほぼ一世紀、和時計も大名や富商の間には普及しはじめていたが、人びとは、依然として、日の出、日の入りを基準にして一刻毎にうたれる鐘の音に合わせた一日を送っていた。一刻（時）は、一日を昼と夜に二分し、それぞれを六等分したもので、暮六つの鐘から、五つ、四つと数えて夜半の九つ、それから八つ、七つを経て、明け六つとなる。再び五つ、四つを経て昼時の九つ、八つ、七つと数えて暮六つの鐘にいたる。一刻はほぼ二時間、一見現在の時刻法と違いがないように思われるが、これは昼夜のながさが等しい春分と秋分にのみあてはまることで、春分から夏至にかけて昼がながくなり、秋分から冬至にかけて夜がながくなるから、これに合わせて一刻のながさが変化する。これが江戸時代の時刻法であった。つまり、当時の人びとは、四季に応じて自在に伸縮する、まことに調法な時間尺度を採用していたのである。

掲出句は、こうした当時の時間感覚を前提にして遅々たる春日の時の歩みをうたったものである。初案に「さくら咲く」とあるように、『新古今和歌集』の〈さくら咲く遠山鳥のしだり尾のながながし日もあかぬ色かな〉にもとづいたものであるが、上五を「桜散る」としたことによって本歌にない哀惜感をだすことに成功している。遅々たる春日を逆手にとって、遅滞なく過ぎ去る時のうごきに注目させる。技巧派の樗良らしい作品である。

明治以降、一日二十四時間、分秒を単位とする近代的な時間概念の導入によって、日本人の時間感覚は大きく変化し、世界でも稀にみる正確な鉄道ダイヤや「カンバン」方式として知られる生産=配送システムをつくりあげるにいたった。さらに、いま時間のデジタル表示やeメイルの普及によって、人びとの遅速感は遠近感と共に再び急激に変化しつつある。それだけに、この樗良の句は、同じ感覚を共有する次の句と共に、われわれを深い懐旧の思いに誘うのである。

遅き日のつもりて遠きむかしかな　　　蕪村

ふらついて瓢《ひさご》かたまる軒端かな

大魯

蕪村は晩年になって、太祇、召波、大魯《たいろ》など三人の社中を失っている。太祇は蕪村より八歳年上であったからいたしかたないとして、召波は十一歳、大魯は十四歳年少である。本来自分を見送り追悼句集の編者となる筈の弟子たちに先立たれ、逆に、彼らの遺作をあつめた撰集に序や跋を書かねばならぬ。蕪村はつらい思いをしたにちがいない。

召波の死をいたんでその七回忌にあたる安永六（一七七七）年に板行された『春泥発句集』の序に、蕪村が「余三たび泣て曰。我が俳諧西せり我が俳諧西せり」と嘆息したことはよく知られている。だが、この安永六年は、大魯がようやく手にした宗匠生活を手ばなし、追われるように浪花の地を去った年でもあった。そして翌年、慌しく大魯は京で客死してしまうのである。

吉分大魯（一七三〇―一七七八）は本名今田文左衛門為虎、阿波徳島藩で二百石をとる武士であった。しかし、三十代の分別ざかりに、何が原因であったか、突然致仕し俳諧師となった。一説に、赴任地大坂の遊女に入れあげ、駆落ちして武士を捨てざるを得なくなったともいう。いずれにせよ、何らかの不祥事があって、故郷はもとより大坂にも居られなくなり、京に逃れたものであろう。その後間もなく几董の知己を得て夜半亭二世として立机したばかりの蕪村の門下にはいったと思われる。余程三菓社の水があったものか、その後馬光という号で次々と作品を発表したが、安永二（一七七三）年師にならって頭をまるめ、大魯と改号し、浪花に下り蘆陰舎を結ぶにいたった。幸い弟子も順調に増え、翌年には「秋興八句」と題する小摺物を配るなど、好調な句作がつづいた。だが、それも束の間、安永五（一七七六）年には社中の筆頭格で蕪村の友人でもあった東菑《とうろ》（正名）と絶交し、門下と対立、それがきっかけになって、前述のように、大坂を離れざるを得なくなる。

大魯は性来直情径行で周囲にかまわず行動するところがあり、しかも、感情の起伏が激しく言動を制御できない。要するに、多分に幼児性を残した人物であったらしい。そのため対人関係がうまくゆかず、一寸したことから諍いをひきおこし、それを人一倍後悔しながら再び同じことを繰り返す。

我にあまる罪か妻子を蚊の喰ふ

これは兵庫落ちに際してつくられた連作「感慨八句」の中の一句、「妻児が瓢泊、ことに悲し」と前書にある通り、蚊屋もない茅屋に妻子共々疲れた身を横たえた一夜の感慨を吟じたものである。大魯の窮状に同情すると共に、他方、それも所詮は自分自身の性癖のもたらしたものではないかと言いたくなる。

蕪村が大魯の俳才を愛し、その言行についても寛容であったことは疑いない。しかし、度重なる不祥事を通じて、大魯の身勝手な行動を次第にうとましく思うようになったのも事実であろう。

蕪村が、兵庫の士川にあたえた書簡にみられる臨終の床にある弟子についての冷静な、というよりは冷酷な記述、〈何にもせよ、此ほど一寸見候所、腰一向不立、なめ（白癬）の様成ものたれちらし、顔にも余ほど腫見え申候。所詮こっちもの（この世のもの）とは見え不申候〉は、蕪村が大魯をもっと深いところでつきはなしていたことを暗示しているように思われる。

掲出句は、こうした大魯が蘆陰舎から諸方に配った「秋興八句」の中の一句である。「一身有止処」という前書からもうかがわれるように、故郷を捨てて九年、ようやく浪花に家族安住の地を見出した心境を、軒端の瓢箪《ひょうたん》の動きに託して語ったものである。

しかし、私にとって、この句はまた別の寓意をもっている。いまから四十年ほど以前、大学紛争の渦中にあって、わが慶應義塾でも、幾度となく学部をこえた教員集会がひらかれ、侃侃諤諤《かんかんがくがく》の議論がおこなわれた。たまたま私が議長補佐を務めていた集会で、議事が紛糾し収拾のつかない混乱状態におちいったことがあった。当時まだ若かった私がカッカとして立ちあがろうとするのを目でおさえて、議長役の文学部のI教授が小さな紙片をまわしてよこした。そこに、この句が書かれていたのである。要するに、I教授は、この句に〈人々の意見はあちこち揺れ動くが最後は自然に一ヶ所にかたまるものだ〉という寓意をこめて、未熟な私を諭されたのである。実際、それから間もなく、いままでの騒ぎが嘘のようにおさまり集会は無事解散とあいなった。

以来、いつか同じことを後輩にしてやろうと待ちかまえているのだが、いまだその機会を得ないのは残念である。

丈六にかさなる年の月日かな

蝶夢

釈蝶夢《しゃくちょうむ》（一七三一―一七九五）は中興俳諧の一翼をになった京の俳僧。中興俳諧は、明和から安永、天明を経て寛政年間に至る十八世紀後半の数十年間、芭蕉復帰を旗印にして全国的にくりひろげられた俳諧刷新運動である。蝶夢は、この渦中にあって、支麦派の立場をとり平明素朴な句境を愛したが、その関心は、句作よりも、没後半世紀あまり歴史の流れの中に埋もれつつあった芭蕉の遺業を発掘し顕彰することにむけられた。

蝶夢は京の生れ。幼少から時宗の寺にあずけられ、九歳で得度、十三歳で京都阿彌陀寺の塔頭帰白院にうつり、二十五歳で同院の住職となった。いわば生粋の浄土僧である。当時こうした雛僧から育てられた純粋培養の住職が少くなかったが、彼らにとっては、本来脱俗の場である筈の寺院が俗世間に他ならない。蝶夢が三十五歳の時帰白院を捨て、再度の出家を試みるのは、こうした日頃の住職としての日常生活への不満や疑問が積み重なったためであろう。

だが洛東岡崎に結んだ小庵を「五升庵」と名づけたことからもうかがえるように、蝶夢の場合、その再度の出家には、仏教上の求道だけでなく藝術上の求道、つまり芭蕉の草庵生活を追体験したいという動機もふくまれていた。蝶夢は帰白院に移った十代から巴人門の宗屋に師事していたが、二十代半ばを過ぎて敦賀を訪ねた折、たまたま二柳門の琴路邸で開かれた俳席に招かれ、芭蕉の正風体を「頓悟」したという。琴路は問屋や酒造業をいとなむ豪商で柏木素龍の清書した『おくのほそ道』を所蔵していた。蝶夢がこれを披見したことはほぼ間違いなく、それが、芭蕉研究へ向かう一つの契機をなしたものと思われる。

事実五升庵へ移ってからの蝶夢の活躍には目覚しいものがあり、芭蕉の墓所のある義仲寺の維持や各地の芭蕉塚建立をすすめると共に、最初の全集ともいえる『芭蕉翁発句集』『芭蕉翁文集』『芭蕉翁俳諧集』からなる三部作を編集し、更にはじめての伝記である『芭蕉翁絵詞伝』を完成させるなど、芭蕉研究史上劃期的な功績をあげた。

こうした蝶夢の顕彰事業は、一方で俳聖芭蕉の名を不朽のものにしたが、他方現在まで残る芭蕉の偶像視を招いたことも否定できない。だが、俳聖という呼称ははじめ俳諧の聖人というよりは、むしろ俳の聖《ひじり》、旅から旅へと漂泊の生涯を送る高野聖に芭蕉をなぞらえたものであったことは憶えておいてよいことだろう。

掲句の「丈六」は一丈六尺（ほぼ五メートル）の高さを持つ仏像のこと。といわれても句の意味をつかむのは少々難しい。それは、この句が眼前の対象を詠じた嘱目句ではなく、作者の心の内にある思いを表白した感慨句だからである。

保田與重郎は、晩年の随筆「冬日抄」で次のようなエピソードを伝えている。

「天明大火の時、阿彌陀寺が類焼した。蝶夢は市中を歩いてゐて、古物商の店頭に阿彌陀寺の梵鐘のあるのを見つけた。蝶夢はひどく悲しんで、交渉してこれを寺へ戻し、焼け落ちた本尊の片頬を灰の中からさがし出して、これを首にかけて諸国を勧化すること五年、この片頬を補刻し、丈六の佛を奉納した」

また、時を経ずして書かれた「短夜抄」の中で
「成功のとき法師は六十二歳であった。その寺を捨てて三十年間である。その時の法師の句は、

丈六にかさなる年の月日かな

『野子本望かくの如くに候』と門弟への書信にしるしている。萬感涌く一句である」

と述べている。句の意味は、これであきらかだろう。実際、掲句についてこれにまさる解説はない。

完成された御仏の慈顔を仰ぎみる度、勤化の日々に出会った人びとの応対とそれにともなう喜怒哀楽の念が思いおこされる。だが蝶夢は、句の中でこれらの記憶には一切ふれず、ただ、時間の経過をあらわす年と月日という言葉しかもちいていない。抽象的な「年」と「月日」、言ってみれば容器だけを示し、中味には言及しないことによって、かえって句の普遍性がまし、この句が万人のものになることを知っていたのであろうか。実際大小難易にかかわらず、一仕事終えたあとの達成感、というよりも安堵感を体験した者なら、誰でもこの句に深い共感をもつにちがいない。

保田與重郎の名は戦中世代には忘れがたいものがある。戦前戦中の華やかな文筆活動を経て、敗戦後三十七歳で郷里奈良桜井の地に帰農し、以来三十年間中央の文壇によって完全に黙殺されたが、筆を捨てることなく、七十二歳で没するまで少数の読者を対象に執筆を続けた。人生の前半生の過剰なまでの饒舌と後半生の沈黙。或いは前半生におけるジャーナリズムによる異常な「注目」と後半生における異常な「無視」の対比。この運命を甘受してきた保田が七十歳で記したものだけに「萬感涌く」と言う感想は他にない重みをもっている。

つく迄を楽しむ老が接木哉

五明

吉川五明《ごめい》（一七三一―一八〇三）は、秋田藩主佐竹氏に招かれて京から秋田に来住した那波三郎右衛門祐洋の五男として生れ、二十二歳の時、藩の銅山方と御買米方を勤め三百石の知行をとる富商吉川惣右衛門吉品の養子となった。五明は養家の長女をめとり分家し、早世した長男のあとを継いだ義弟をたすけ、家業に精励し、吉川家を藩内随一の豪商へと発展させた。

五明の実父祐洋は、京都出身らしく幅広い教養の持主であった。その影響もあって、五明は年少から俳諧に親しみ、京の俳諧師の指導をうけていたが、やがて多数の俳書をとりよせ独学することによって蕉風を自得し、三都から遠くはなれた秋田の地にあって同志と共に芭蕉復帰をとなえるにいたった。病弱を理由に四十代で隠居した後、七十三歳で没するまで俳諧三昧の日々を送り、多数の門弟を育て秋田俳諧中興の祖といわれた。

五明は几帳面な性格であったらしく、多数の自筆本を残しているが、その中でも『句藻』と呼ばれる自選句文集には四十七歳から六十六歳まで年毎に自句が記されている。また、升屋柳雨、秋風父子が明治末に編集し、安藤和風、藤原弘によって『塵壺《ちむこ》』と題された句文集には、三十七歳から七十三歳まで三十六年間にわたる作句がやはり歴年体で収録されており、壮年から最晩年までの句境の変化をうかがうことができる。

その中で、安永六（一七七七）年、ほととぎすと題する句として、虚栗《みなしぐり》調の、

雲を蹴て月を吐きたり郭公

を筆頭に、次の三句がかかげられており、

坊守よ米とぎやめよほととぎす

ほととぎす鳴くや焼場の火のあかり

郭公比丘尼所の夜更哉

それぞれ去来、嵐雪、其角の句風をうつしたとあるのが目につく。同様に、五明はいかにも維然風の、

蝸牛竹《かたつむり》をたはめて涼しいか

また蕪村の句境に通ずる、

白芥子や世にあづからぬ花の昏

といった不思議なふくらみのある句も残している。
だが、何と言っても五明の名を高めたのは、三条右大臣治孝の意にかない「小夜庵」の扁額を授けられたという次の一句であろう。

ふる中へ降りこむ音や小夜しぐれ

五明は病弱ということもあってか、人一倍音に対する鋭敏な感覚をもっていたらしく、

菊枯れて風のみ敲く竹戸哉

夜神楽の鈴ふりそむるあらしかな

ながれ来て氷を砕く氷かな

など、さまざまな趣きのことなる音景を描きだした佳句を残している。

掲句は既に老境に入った五十八歳の句で、小庵の庭先で熱心に接木の工夫をしながら、ふとわいてきた「果してこの花実をみることができるかどうか」という自問に対して、「いやいや老人にとって接木の楽しみは〈つく迄〉にある」と自答したものである。接木というごくありふれた体験をきっかけにして自分自身についての見方が変わり、それにともない接木に対する見方や意味づけもまた変化する。老境の深まるにつれて誰もが経験する日常的行為を通じた自己と世界の再発見をわずか十七文字の中に仕込んだ手腕はなかなかの

ものである。

勿論、この句を自問自答ではなく、作者が気のおけない家人や友人との間でかわした軽口風の応酬とみなすこともできる。また、そうすることによって、この句のもつ現代に通ずる寓意性もよりはっきりする。

新規事業の開拓には、内部の人材を育てる「種苗」型と外部から人材を導入する「接木」型がある。言うまでもなく、後者の方が効率的である。だが、これが必ずしもうまくゆくとはかぎらない。組織は生体と同じように強い免疫性をもっており、外部からの異分子に対して拒絶反応がはたらくからである。老練な経営者は、これを知悉しており、拒絶反応の解消に全力をかたむける。

五明のこの句は、ささいなことを理由に外部の人材を受け入れようとしないミドルマネージメントへのトップからの皮肉をまじえたメッセージと解釈することもできよう。

こころほどうごくものなし春の暮

暁台

加藤暁台《きょうたい》（一七三二―一七九二）は元尾州家の家臣。二十八歳のとき武士を捨て以後六十一歳で没するまで、一介の俳諧師としてその生涯を貫いた。こう書くと、いかにも清貧孤高であったかのように思われるが、彼は蓼太とならび称せられた天明俳壇の大家であり、当時の盛名は、蕪村をはるかにしのぐものがあった。

暁台と蓼太は、芭蕉復帰をとなえ、蕉風中興の先駆をなしたこと、ともに門弟三千名を数える大宗匠であったことなどの共通点をもつ。とりわけ一方が芭蕉庵再興をはかれば、他方は芭蕉百回忌を営むなど、大規模な催事を企画し実行する手腕をもっていた。

しかし、両者の句風はかなり相違しており、蓼太があくまでも平俗の道をたどったのに対し、暁台は蕪村との風交もあってか、むしろ高踏の途を求めた。暁台ははじめ美濃派の巴雀、白尼の門下であったが、次第に芭蕉への傾斜を深め、『冬の日』の境地を目指して『秋の日』を編み、独自の句風を開くにいたったといわれる。実際、彼の代表作といわれる、〈日くれたり三井寺下る春の人〉をはじめ、

花くれて月を抱ける白牡丹

涛暑し石に怒れるひびきあり

鷹それてむなしく月と成夜かな

落葉おち重なりて雨雨をうつ

不破の雪さながら春の色ならず

など、並べてみると、あらためてその技巧の卓抜さと題材の多様さにおどろかされる。暁台の特徴は、読みこむ対象にあわせて自由自在に句詞や句調を変えて全く異なる俳諧世界

を現出してみせるところにある。いわば、当代切っての修辞派だったと言えよう。

掲句は、そんな暁台にしては、拍子抜けするほどあっさりとした仕上げになっているが、この句の眼目は、「こころほど」の「ほど」にある。素直に読めば、この「ほど」は「しか」と同じ、つまりあらゆる物が動きを止め、春の夕暮れ特有の静けさをたもっている中で、心だけが妖しく揺れ動き止めようがない……そんな暮春の気分をうたったものと解釈されよう。他方、この「ほど」を「程度」を意味しているものと考えると、心の動きはほんのかすかなものにすぎないが、その心ほどにも動かない暮春の静寂さを吟じたものとも解釈できる。春の暮そのもののとらえ方は同じであるが、比べられる「こころ」のありようが異なるために、句のたたずまいがちがってくる。しかもその心のありようの把握はあくまでも読者の側に残されている。このあたり技巧の冴えを感じさせる。

いずれにせよ、ここに描かれた気分は、蕪村などにも通ずる、元禄とは一味異なる天明期のものであり、宗匠として多忙をきわめた筈の暁台が、晩春の夕暮、このような気分に満たされた一刻を過ごしたことはまちがいない。

暁台の活躍した十八世紀は江戸期の社会体制がほぼ確立し、木版印刷の普及にともない文藝の大衆化が飛躍的に進んだ時代であった。うちつづく太平によって、人々の生活に余裕が生じ、貧富を問わず学問遊藝への関心が高まる中で、多少の文才さえあればそれなりに自己を表現できる俳諧は、誰にもとりつき易い万人向きの消閑の具となった。しかも木版技術の普及によって、さまざまな草子類が身近なものになり、自作の句を版行したいという要求もあらわれた。いわば、天明期は木版という印刷媒体を前提とした「オンメディア」要求が広く庶民の間に浸透した時代であった。

蓼太や暁台など、大宗匠の台頭はまさにこうした要求の上にのったものであった。多数の門弟をかかえ、頻繁に一門の句集を編集刊行し、さまざまな趣向の会合や催事を興行することによって知名度をあげ収入を確保する。元禄に始まり天明年間を通じて定着したこの仕組みを大規模に展開することによって、彼らは、教養のマスセールに成功したのである。この意味で、彼らを商才にたけた俳人というよりも、俳才と商才を兼備したプロデューサーとみなし、この観点から組織運営や興業の実態をあきらかにすることが望まれる。

暁台にはこんな句もある。

わがためにとぼし遅かれ春の暮

稀代のプロデューサー暁台は、暮春の宵闇のせまる中で、一体何に思いをはせたのであろうか。

春のあらしちらざる花はちらぬなり　白雄

加舎《かや》白雄《しらお》（一七三八―一七九一）の本名は吉春、白雄は俳号である。とあらためて強調するのは、この時期、井上士朗、鈴木道彦など、大正や昭和の作家と言っても通りそうな俳号をもつ俳人が登場してくるからである。

白雄が活躍した十八世紀後半は、従来俳諧史の上では、専ら蕉風再興期としてとらえられてきた。だが、同時にこの時期、特に安永、天明年間はそれまでとは異質の「感覚」をもつ世代が現れてきた時代でもあった。

実際、同じ中興諸家と呼ばれる俳人たちでも、一七一〇―二〇年代生まれの蕪村、麦水、蓼太、闌更と三〇―四〇年代生まれの五明、暁台、白雄、几董、士朗、成美などを比べてみると、両者の間には、題材のえらび方、対象のとらえ方、表現の仕方など、微妙な差異のあることに気づかざるを得ない。過去の約束事にとらわれず、自らの感覚を信じて感ずるままに世界を截《き》りとり、その截片を文字化すれば、それでよしとする。近代藝術にも通ずる作品観をもつことが新しい世代に共通の特徴であり、それだけに現代の読者に親しみやすいものになっている。実際、白雄の、

人恋し灯ともしころをさくら散る

糸遊に児《ちご》の瞬きやさしさよ

さうぶ湯やさうぶ寄りくる乳のあたり

薄氷雨ほちほちと透すなり

などは、いずれも江戸時代の発句というよりも近代俳句に近い感覚をもってつくられており、あきらかに前世代にはなかったまなざしやいきづかいが感ぜられる。

だが、こうした近代詩人を思わせる叙情性をもつ白雄も、俳諧史的には、芭蕉から涼菟、

乙由を経て柳居、鳥酔に至る俳統の継承者であり、この観点からみると、白雄の

春の雪しきりに降《ふり》て止《やみ》にけり

は涼菟の〈凩の一日吹いて居りにけり〉が隔世遺伝してあらわれてきたようにも思われる。また、

おどる夜を月しずかなる海手哉

しぐるゝや鹿にものいふ油つぎ

をかしげに燃へて夜深し榾《ほだ》の節

なども、その低俗性のために田舎蕉風とあなどられた乙由の伊勢風が、柳居、鳥酔を経て次第に洗練され、白雄に至って、ついにこのような平易だが雅致ゆたかな句境に到達したことを示す作例とみなすことができる。白雄は涼菟以来の伊勢派の完成者でもあったので

ある。

とすれば、白雄の句集の中に、

なにと見む桐の一葉に蝉の殻

のような涼菟や乙由に似た寓意性に富む句が見出されても不思議でない。

掲句もそうした観相句の一つ。桜の咲く時期は晴雨寒暖定まらぬ不安定な天候がつづき、しかも強風が吹く。「春の嵐」によって満開の桜花がたちまち「花吹雪」と化すことも稀でない。他方、開いたばかりの桜の花は存外強靭で多少の風雨にもめげず咲きつづける。

夜來の風雨の音に、夜のあけるのも待ちきれずにでかけてみると、案の定ほとんどの花は散ってしまっていたが、薄明の中何本かの桜の木が烈風に枝を大きくしなわせながら凛然と咲きほこっている。その感興を句にしたものであるが、「ちらざる花もありにけり」ではなく、「ちらざる花はちらぬなり」としたところに寓句としての眼目がある。

企業を襲う嵐=リスクは多様である。景気変動や企業買収、更に業務上の事故への対応はいうまでもないが、最近では、自然災害、疫病やテロなど経済外的なリスクをも配慮しなければならない。災害が予測可能であり、かつ事前対応が可能であれば、問題はない。

しかし、現実にほとんどの災害はこれら二つの条件をみたさない。したがって、リスク管理にあたっては、災害を未然に防ぐ努力と共に、災害が生じたあと適切な事後処理をおこなうことが肝要となる。いかなる大災害に直面しても普段通りの通常業務を続行すること、また、大災害によって業務が中断したならば、一刻も速くダメージを克服し、通常業務を再開すること、つまり災害時における業務の続行力と災害後の回復力をもつことが企業経営に要請されることになる。

そこまで考えた上で〈ちらざる花はちらぬなり〉と胸を張ることのできる経営者が果して何人いるか、この句の寓意はいまなお生きているといってよいだろう。

燈火《ともしび》のおのれもしらぬひかり哉

青羅

松岡青羅《せいら》（一七四〇―一七九一）は白鷺城で有名な播州姫路藩の江戸詰藩士松岡門太夫の三男として江戸に生れた。同藩武沢氏に養子としてむかえられたが、身持ちが悪く離縁され、姫路の実家にかえされた。しかし行状はおさまらず、屋敷をぬけだしては賭博にふける無頼な生活を送っていたが、ある夜、博打場から帰る途中、橋の上にたたずむ若い女に出会った。女は無言でかかえていた藁苞をさしだしたが、中をのぞいてみると、女の生首が入っていたという。いかにも江戸時代好みの怪奇談がつたえられている。この事件が契機となったかはわからないが、その後青羅は武士を捨て一介の俳諧師として諸国を遍歴し、数年後には剃髪して播州加古川に草庵「三眺庵」を結び、たまたま庭に栗の木があったことから「花の本」ならぬ「栗の本」と称した。

青羅は京師の蕪村一派、特にほぼ同年齢の几董との親交が深かったが、名古屋の暁台、晩年京の高台寺近くに寓居を構えていた蘭更とも交流があり、そのため、暁台次いで闌更とともに二条家の俳諧師匠の地位を得た。没後弟子の玉屑が編んだ『青羅発句集』には江戸の成美が序をよせている。

これら交遊の顔ぶれからもうかがえるように、青羅は洗練された技法の持主であり、

秋風に白蝶果てて狂ひけり

白罌の照りあかしたる月夜かな

など、繊細優美で巧緻をつくした綺想句を得意とした。他方、彼には、

角あげて牛人を見る夏野かな

戸口より人影さしぬ秋の暮

など、闌更好みの句があるが、これらも無造作の技巧の手腕を示したものと言ってよい。

青羅の生きた十八世紀後半は、吉宗の蘭書解禁を経て、西洋の文物が流入し、一部の知識人がその摂取と普及につとめた時代であった。阿蘭陀《おらんだ》船のもたらした珍奇な舶載品のうち、特に人びとを喜ばせたのは望遠鏡と顕微鏡であったらしい。タイモン・スクリーチは当時導入された西洋的な科学的凝視（gaze）がしたたかな戯作本作家の手によって、東洋的な一連の瞥視（glances）へと変えられ、好奇心ゆたかな大衆に受容されていく過程を見事に描き出している。とはいえ、凝視は全く受容されなかった訳ではなく、科学や藝術の分野に深く浸透し、次世紀の文明開化への道をひらくことになる。

その影響かどうか、俳諧の分野でもこの頃、

蚊の觜《はし》の糸筋に血の通ひけり　嘯山
むらしぐれ猫の瞳子のかはりゆく　旨原
撫子のふしぶしにさす夕日哉　成美

など、小さな対象をじっと見つめる作品があらわれてくる。青羅の、

燈火のすはりて氷るしも夜かな

も同じ系列に属する、対象への凝視からうまれたものである。暗闇の中で輝く燈火は、それが灯心、蝋燭いずれであれ、じっとみつめていると魂を吸いこまれるような不思議な感覚にとらわれるものである。だが、青羅は、そこまで言及せず「氷る」という言葉を微動だにしない燈火と冷え切った霜夜の双方にかけることによって、冬夜静かな燈火が深沈たる夜気を光と影の世界に二分する事実を指摘するにとどめている。

掲出句は、この句の延長上にあるもので、周囲を明暗にわける光の偉力を知らぬ気に燃えている燈火に注目し、その無心のありようを指摘したものである。

古来、光と闇は、賢愚、正邪、善悪の対立を象徴し、秩序と文明をあらわす光が混沌と野蛮の闇を駆逐するものとされてきた。しかし、仏教では少々異なり、光は分別＝差別、闇はあやめもわからぬということから無分別＝無差別、つまり万人（物）を平等とみなす見解を示すものと考えられており、光と闇は、それぞれ、白象に乗った白色の普賢菩薩、黒獅子にまたがる黒色の文殊菩薩として図象化され、両者があいまって完全な智慧をかた

ちづくるものとみなされてきた。言ってみれば、光は必ずしも闇と対立するものではなく、むしろ闇と相補的な存在、つまり光は闇と表裏一体となってわれわれの世界をかたちづくっているらしい。こんな伝承を踏まえて掲出句を見てみると、そこにはまた異なった寓意が見出されるように思われる。

おちぶれて関寺謡ふ頭巾哉

几董

高井几董《きとう》（一七四一—一七八九）は蕪村の高弟。父の几圭は其角、嵐雪門の夜半亭巴人《はじん》の弟子で蕪村と同門であった。このこともあって、几董は夜半亭を継いだ蕪村に師事し、召波、大魯とならび蕪村門の三傑と呼ばれ、師の没後夜半亭三世を継ぐにいたった。

弟子とは言いながら、召波は漢詩をよくする京都の富商であり、蕪村としては多少の遠慮があり、大魯は性格に難があり人づきあいが悪く、いささか困り者の弟子であった。これに対して、几董は、蕪村が手塩にかけて育てあげた文字通り目の中に入れても痛くない愛弟子である。几董もよくこれにこたえ、終生変ることなく師につかえた。

岩波文庫の『蕪村書簡集』（大谷篤蔵、藤田眞一校注）には、几董宛の手紙が多数収録されており、師弟の親密な関係が察せられるが、その中で、安永九年三月十五日付の往復書簡がおもしろい。

これは、几董からきた手紙に蕪村が文側に短文をしたため、そのまま返書にしたもので、「前夜は御馳走忝奉（かたじけなく）存候」の右側に、「さしたる義なく残念」とか、「御老苦奉推（すいしたてまつり）候」の左側に、「御推量」とつけたしてある。更に、宛名の夜半宗匠を棒をひいて消し、几董の署名の下に「様」にあたる「子」をつけ加え、その傍らに夜半と署名してある。安永九（一七八〇）年といえば、蕪村六十五歳、几董四十歳、『もゝすもゝ』の両吟二歌仙が成立した年である。この書簡は永年の交際を通じ万事にわたって心許せる間柄になった師弟が共作した連句ならざる連句ともいえるだろう。

几董が俳人生活を送った十八世紀後半は、名君吉宗の長い治世が終わり、家重、家治の治世期にあたる。何となく社会全体が騒がしい雰囲気につつまれ、一方で元禄に次ぐ勢いで都市文化が花を咲かせると共に、他方、各地に飢饉や一揆が頻発し、そのあおりをうけて、没落する商家も少なくなかった。年金制度や社会保障制度のととのっていなかった当時のこと、一度破産となれば、数代続いた資産家でもたちまち一家離散、乞食の境遇に身を落とすこともままある。その意味で、冒頭の句のような光景は、この時代めずらしいものではなく、むしろありふれたものであったと思われる。

季節は初冬ないし厳冬、時刻は夕暮、京か大坂の場末の町で薄汚れたなりの頭巾をかぶった男が低声で謡曲をうたい門づけしてまわっている。聴くともなく聴いていると、これがかなり年季のはいった節まわしでしかも曲目は「関寺小町」であった。

こんな光景が目にうかぶが、もとより、この句は実景をうたったものではなく、あくまでも、趣向つまり言葉の取合せの妙を楽しむものであろう。「関寺小町」は能のいわゆる三番目物で、江州関寺の僧の所望に応じて山陰の庵に住む老女（老いた小野小町）が歌物語に託して、吾身の盛衰を語り、その果に興にのって関寺の七夕祭におもむき、ひとさしの舞をまうという筋書きである。

「関寺」であらわされる虚構の零落を「おちぶれて」の示唆する現実の零落と並置することによって生れる虚と実のレゾナンスがあはれさを増幅し、ミスマッチのおかしさを強調する。前者の比重が増すと寓意性がうすれ、後者に重点がおかれると句品がさがる。さすが几董、そのバランスが絶妙である。

セーフティネットがある程度ととのっている現在、この句がかつてもっていた現実味は失われつつある。しかし、社会的没落は別である。マスメディアの普及によって、人々の社会的プレゼンスはより一層媒体に依存するようになった。新聞、雑誌、テレビにおける高い露出度が高い知名度をもたらし、それがまた高い露出度の維持を可能にする。これがメディア社会におけるセレブリティを支えるメカニズムである。だが、ポジティブ・フィードバックはいつまでも続くものではなく、時には逆転し、同様なメカニズムを通じて一時は盛名をほこった者も凋落の一途を辿ることになる。いつの時代でも寵児は短命なものであるが、貪欲なメディアによる有名人の粗製濫造が進むなかで、彼らの賞味期限は一層短くなり、社会的没落の可能性も高くなっている。

学生時代みたジャン・ギャバン主演の『ペペ・ル・モコ』の中に、カサブランカの古びた建物の一室で、老女が自分の歌を吹きこんだレコードを繰り返し聴きながら、若き日のパリと自分自身を懐かしむ場面があった。当時は、現実から遠く離れた映画の中の出来事と思われたそうした光景が、ＣＤやＤＶＤの普及によって現実化し、いまやわれわれ周辺にもみられるようになった。

この意味で、掲句の寓意性はいまなお失われていない。

身のほどや落穂拾ふも小歌ぶし　　暁台

年どしに花の見やうのかはりけり　　士朗

井上士朗（一七四二―一八一二）、本名正春は寛政年間の名古屋の町医専庵。名医として知られたが、本居宣長に学んだ国学をはじめ漢学の素養も深く、画筆、平曲をたしなみ、文人としても盛名をはせ、彼の居宅枇杷園は東海道を往来する文人墨客の必ず立ち寄る社交の場として有名であった。

俳諧は暁台に師事し、江戸の道彦、京の月居と共に寛政の三大家と称せられ、その力量から「尾張名古屋は士朗（城）でもつ」と喧伝された。

士朗は理知的な人物で、

大蟻のたたみをあるくあつさ哉

名月に露のながれる瓦かな

こがらしや日に日に鴛鴦《おし》の美しき

足軽のかたまって行くさむさ哉

など、眼前の光景を冷静にとらえ手がたく描写するところに特色があった。それだけに、彼の作品は、その言葉づかいが一義的で読者に勝手な解釈を許さないきびしさがある。だが、掲出句は、士朗にしてはめずらしく調子がかるく、多様な解釈を許しているところがおもしろい。

この句の「花」は、いうまでもなく、さくらであるが、それにこだわることはなく、枇杷園の四季をいろどる花であればなんでもよい。たとえば、牡丹、芍薬でもよいし名もない野の花と解することもできる。また、「花」が自然の花である必要もない。美人であってもよいし、『風姿花伝』にいう花ある人でもよいし、あらゆるはなやかな「もの」や「こと」であると考えることもできるかも知れない。

同様に、上五の「年どしに」についても多様な解釈ができる。たとえば、「年どし」を「年毎に」と解することもできる。それぞれの年は多難な年もあれば無難な年もあり、多幸な年も不幸な年もある。わが身や世情のありかたによって「花の見やう」もちがってくる。次に、「年どし」を「年経る毎に」と読むこともできる。若いうちはそれなりの「花の見やう」があったが、年をとるにしたがって次第に変化し、現在はまるで異なる「花の見やう」をしている。或いは、さらに拡大して、「年どし」を「時代々々」と考えることもできるかも知れない。一昔前まで人びとはこんな「花の見かた」をしたものだが、いまの人々はかってはは想像もつかぬ「見やう」をしている。一種の社会批評として読むこともできるであろう。いずれにせよ、士朗が漢詩や和歌の伝統をふまえ、変らぬ自然に変りゆく人心を対置することによって、そこにある種の寓意をこめていることにはちがいない。だが、もし「花」が自然ではなく人事をさすものとしたら、この花は不変ではなく時と共に変化するのではなかろうか。

最近テレビのドラマを見るのが少々きつくなってきた。まずテーマソングの歌詞がわからないし曲にもついていけない。まあ、これは一文字＝一音符に慣れた小学唱歌や童謡世代にとってはいたしかたないとして、何よりもつらいのは、主役をはじめ脇役にいたるまで、演技が不必要に単純化され誇張されていることである。不満を表現するには唇を突き出し頬をふくらませる。怒りの表出には物を壁に投げつけたり鋏で衣服を切りさく。到底大人の振舞とは思えない、まるで小学生、それもだだっ子の振舞をみているようである。

もちろん、これは、役者の演技力にもよるが、それだけではない。むしろ演出家の意図がつよくはたらいているとみるべきであろう。つまり、演出家がマンガ世代でマンガの映像表現にあわせて演技指導をおこない、映像処理を試みている。その結果すべての動きがコミックタッチにならざるを得ない。これでは、小津安二郎や成瀬巳喜男の演出に慣れ親しんだ世代が違和感をいだくのは当然であろう。

だが、考えてみるまでもなく、われわれが当然とする演技が正しいと主張する根拠はどこにもない。事実小津や成瀬に代表される映画作品に見られる性格表現や自己表出の仕方は明治以降の新派や新劇の流れを汲む演出家や役者たちがつくりだした、たかだか半世紀にみたぬ演技を踏襲したものにすぎない。時代はそれにふさわしい自己表現を生み出し、人びとはメディアを通じてそれを観ることによって自分の世代特有の行動パターンをかたちづくってゆく。われわれが両親からうけつぎ、それ故に自然＝不変だと思いこんでいるさまざまな振舞も、実は一世代以前のメディアの産物であったのかもしれない。新派、新劇、映画の時代が固有のレトリックをもっていたように、マンガやアニメの時代もそれに相応しいレトリックをもっている。それがわれわれの世代にはいささかつらいのである。

蝿打てつくさんとおもふこころかな　　成美

夏目成美《せいび》（一七四九―一八一六）は、江戸浅草蔵前の富裕な札差井筒屋の主人。十六歳で家督をつぎ、五十余歳で隠居するまで、家業に精励するかたわら俳諧にいそしみ、化政期の遊俳として名をはせた。

遊俳とは、業俳すなわち俳諧を業とする者に対比される存在で、現在のプロに対するアマチュアにあたると言ってよい。江戸時代、俳諧の普及にともない全国各地に有名無名の遊俳が現れたが、その中でも、成美は「去俗」を旨とし句作に精進し、「ついに一家の風格」をなすにいたったと評せられている。その作風は、

白ぼたん崩れんとして二日見る

ふはとぬぐ羽織も月のひかりかな

のちの月葡萄に核《さけ》のくもりかな

からもうかがえるように、ごくありふれた日常の経験を独自の感覚でとらえなおし、繊細巧緻に表現したところに特色がある。

こうした作風は、成美が、その生涯を通じて二つの意味で「不自由な存在」であったことに由来するものである。一つは、彼が井筒屋という大店の主人として多忙な日々を送らざるを得なかったこと、もう一つは、十八歳の時患った痛風に起因する不治の脚疾をかかえ、生活のほとんどを屋敷内で送らざるを得なかったことである。俳人として自由な旅人の境遇にあこがれた筈の成美にとって、これは大きなハンディキャップであったと思われる。だが、彼はいたずらに「不自由さ」をかこつことなく、むしろ、この制約を所与として、身辺の瑣事《さじ》と呼んでよいことがらに着目し、それを平明な言葉で言いあらわそうとした。というよりも、日常のささいなことがらによって触発され、微妙にゆれうごく自らの感受性そのものを言葉に定着することを試みたのであった。成美の作品が、時代をこえて、現代人の共感を得るのは、まさにこのため、彼が、本来うつろいやすい心の推移をそれに相応しい繊細な言葉で写しとっているからにほかならない。

その成美が、夏の蝿のあまりのうるささに耐えかねて吟じたのがこの句である。「打(討)ち果たす」という言い回しは当時の人びとには耳慣れたものであったろうが、これを「打ってつくさん」とまで言ったところに、どうにもやりきれぬ作者の苛立たしさが現れている。だがこの句のおもしろさは、あとにすぐ「とおもふこころかな」とつづけていることである。この間の心の動きは、この句を、

蝿
打ってつくさん!
とおもふ
こころかな

と行分けして詠みあげてみると一層はっきりする。まといつく蝿に対する一途な苛立ちと怒りの表出が「とおもふ」を経て「こころかな」で、自省ないし自嘲をふくむ独白へと変化してゆく。わずか十七文字の中にこめられた主観から客観へ、この視座の転換は見事というほかはない。

蔵前の札差は、旗本や御家人の俸禄にあてられる幕府の年貢米をあずかり換金すること

によって手数料をとると共に、俸禄米を担保にして武家に金子を用立てることによって利子を得る、江戸時代特有の金融業であったが、それだけに、交際範囲は広く町方はもとより武家にも及び、井筒屋には、各地の米相場からはじまって、諸藩の内情、長崎や松前経由でもたらされる海外の風説に至るまで、さまざまな情報をたずさえた人びとが絶えず出入りした。その大半は、家業を仕切る番頭や手代が応待したが、蔵役人、顧客、同業仲間、親族など、主人が自ら接待にあたらねばならない客人も少なくなかった。加えて、成美の場合、遊俳の名をしたって全国各地から多数の俳人たちが訪れる。その中には、京の几董や東北の乙二のように成美が心ゆくまで話し合える俳友もあったが、俳人とは名ばかりの無教養な、井筒屋の身代を目当てにして蝟集《いしゅう》する蝿のような連中も多かったに相違ない。

経営者が五月蝿《うるさ》いと感ずる存在は無数にある。だが、これらは所詮「打ってつくせる」ものではなく、またそうすべきものでもあるまい。

やれ打つな　はえが手をする足をする　　一茶

成美はこの偏屈な俳人の終生変らぬパトロンでもあった。

死なぬ心今宵の月に見られけり　乙二

岩間乙二《おつに》（一七五六―一八二三）は本名晴雄、化政期の奥州白石の俳家。江戸の成美と親しく、彼を通じて巣兆、道彦と交流があり、素郷、五明、長翠と共に奥州の四天王と呼ばれた。生家は代々白石城下の修験寺千手院の住職をつとめ、乙二はもとより父も子も権大僧都の位をもつ修験僧であった。また、代々文藝に親しみ、父は麦蘿、子は十竹という俳号をもっていた。

いわば、乙二は生れながらに修験者と俳諧師という二つの顔をもっていた訳だが、これに加えて、もう一つ、白石城主片倉村典の密命をおびた探索方という見えない顔をもっていたという説もある。そうであれば、乙二が白石城下に安住することなく、旅から旅への人生を送ったとしても不思議ではない。彼の道歴は東北はもちろん関東一円にわたっているが、驚くべきはその足跡が蝦夷地にまで及んでいることである。

この蝦夷行は箱館在住の門人布席の招きがあったからである。だが、考えてみれば、乙二は林子平、本多利明、伊能忠敬などと同時代人である。当時の一知識人として、彼が西洋諸国とりわけロシアの大銃を装備した軍艦の来寇に脅威を感じており、それが蝦夷行の一因となったであろうことは想像にかたくない。

文化七（一八一〇）年乙二は弟子の太呂を連れて奥州路を北上し箱館に渡り、そこで越年し、翌八年クナシリで捕えられ箱館に護送されて来た六名のロシア人を間近に見て、次のような感想句を残している。

かまきりの手あしよ髪は古蓬

いうまでもなく、これは『日本幽囚記』のゴロウニン一行を実写したものであり、あらためて乙二が幕末の大動乱にいたる予兆の時代に生きていたことを感じさせる。

この箱館行で、乙二は辺境での体験を吟じた句をいくつも残しているが、その中でも印象的なのは、陸奥湾に沿った横浜で詠んだ次の一句であろう。

八月もうらくづれして鳴く千鳥

まだ八月なのに、既に冬を思わせる寒風が吹きすさび、荒涼とした浜辺には潮騒のあい間に千鳥の鳴声のみがかすかに響く……仲秋八月にもかかわらず、暮秋をとびこえて厳しい冬の到来を感じさせるさいはての天候を「うらくづれ」という一語（これは先陣より前に後陣が崩れてしまうことを意味する兵法の用語である）であらわした手腕はなかなかのものである。乙二は、このように一見無関係な言葉を連結して超現実的な言語世界をつくりだす独自の才能をもっていた。

世忘れにはしり入りけり青すすき

鬼灯の花は暮れたに飛ぶほたる

なども、そうした卓抜な技巧によってつくられた不思議な魅力をもつ句だといえよう。

この蝦夷行によって、しかし、乙二は行脚の人にとっては致命的といってよい脚疾をかかえこむことになった。以来、この持病は生涯にわたって乙二につきまとうことになり、彼は、文字通り、死と隣合わせの旅をせざるを得なくなった。それにもかかわらず、乙二はその後も旅を重ねて、古稀に近い六十八歳まで長寿をたもつことになる。

だが、それは同時に親しい友人知己の訃報に接し、自らの老いと死を意識せざるを得ない歳月でもあった。とりわけ、仲秋名月の夜ともなれば、成美、道彦と眺めた江戸の月をはじめ、いまは物故した人びとと過した夜を思いおこすことも多かったにちがいない。箱館、松前、長岡、酒田、秋田の月、それに長年訪れたいと願っていた長崎の月に思いをはせる……いつの間にか、過去から未来へと思いをめぐらしている自分に気づき苦笑せざるを得ない。

冒頭に掲げた句は、「死ぬ、死ぬ」と言いつつも、いまだ今生の夢を捨て切れぬ乙二の、というよりも老人一般に通ずる胸中をありのままにえがいたものである。この「死」を物理的なものではなく、社会的な死、つまり「身をしりぞく」ことと考えれば、句の寓意性は一層つよまり、普遍性をもつことになろう。

焚くほどは風がもて来る落ち葉かな

良寛

大愚良寛《たいぐりょうかん》（一七五八―一八三一）は越後出雲崎で代々名主をつとめた橘屋左衛門、山本泰雄の長男栄蔵として生れた。しかし、生来の「奇敏」あるいは「魯放」な性格のため、家業になじめず、十八歳の時家を出て近くの光照寺に寄寓した。二十二歳、偶々この地を訪れた禅僧国仙和尚のもとで剃髪受戒し、大愚良寛という名号をあたえられた。そのまま国仙にしたがい越後をはなれ、備中玉島の円通寺で修行すること十年余、三十三歳で印可を受けた。国仙の没後、諸国を行脚していたが、父の死を聞いて三十七歳の時越後にもどり、以後、五合庵をはじめ各地に草庵をいとなみ、七十四歳で他界するまでひたすら行乞《ぎょうこう》にあけくれる日々を送った。

良寛さんといえば、われわれの世代には、まりつきやかくれんぼをして村の子どもと無心に遊び戯れている姿がまず目にうかぶ。だが、出雲崎の良寛記念館にある安田靫彦《ゆきひこ》の「良寛和尚像」は、そうした童画的なイメージとかけはなれた、何人も畏怖させずにはおかない怪鳥にも似た眼をもつ異相の僧として描かれており、伝説とは異なる良寛像のあることを思い知らされる。

良寛にかぎらず、広く世間に知られた人物には伝説や説話のたぐいがつきもので、その中には、同時代あるいは後世の人びとが自らの信条や願望をその人物に託して語ったと思われる作り話が少なくない。例えば、

散る桜残る桜もちる桜

良寛が重病にかかった折、何か言い残す言葉はないかと問われ、「死にたうない」と答え、この句を示したという。だが、句の意味と「死にたうない」という言葉とは何の脈絡もない。同じような話は一休禅師にも残されており、句それ自体が良寛の句であるか否かもさだかではない。

良寛の父泰雄は以南という俳号をもち、芭蕉、其角、支考などの俳書に親しんでいたといわれる（暁台に師事したという説もある）。良寛がこれら父の蔵書を読んでいたかどうか

はあきらかでないが、谷川敏朗『校注良寛全句集』には良寛作と推定される一〇七句が収録されており、いずれも平明で即興性がつよく少々理屈っぽいのが特徴となっている。

盗人にとり残されし窓の月

もその一つ。良寛が四、五十代を過した五合庵での作といわれている。良寛は五合庵で全く無一物に近い質素な生活を送っていたが、ある日そんな盗むに足る何物もないところにも盗人がはいり、禅板と薄布団を持ち去った。文字通り虚室と化した草庵の窓にさすが盗人も盗りそこねたのか、月だけが白く照り輝いていた……これまた少々理屈っぽい逸話が伝えられている。

冒頭の句も同様。長岡藩主牧野忠精は良寛の学識を重んじ、城下にむかえようと自ら五合庵に足をはこんだ。良寛は終始無言で座禅をつづけるのみであったが、なおも藩公があきらめず送ってきた使者にこの一句を示したという。五合庵時代は、良寛の気力体力ともに充実していた時期であるから実際こんなこともあったかも知れない。

五合庵での良寛の生活はまさに貧寒たるものであり、「しょうゆの実」を入れた小壺に食物の余りを投げこみ、半ばすえた、常人には到底口にすることのできぬ異臭をはなつ代物を、夏場などわいたうじをはらっては食べていたと言われる。そうした生活を続けながら、家臣や領民にとって絶大な意味をもつ藩公の招待を一顧だにせず峻拒する。これはまさに偉いことにちがいない。幸田露伴によれば、エラいのエラは本来いら草のイラに由来する。要するに、偉人とはいら草のように滅多に人を寄せつけぬ棘のある人物をさしたものらしい。

実際、人びとは、この逸話とあわせ冒頭の句をいかなる世俗的権力にも屈することのない良寛の偉さ、つまり反骨精神をあらわしたものとうけとってきた。

だが、この句そのものからは離俗はともかく反俗といった態度はうかがえない。むしろ秋深まる草庵の朝な夕な良寛の得た実感を素直に吟じたもの、修行の末に辿りついた「知足」の境地を吟じたもののように思われる。

良寛は生前から有名であり、亀田鵬斉のような当代一流の人士をはじめ、多数の遊歴の徒がその名を慕って草庵を訪ねている。良寛伝説は、これら多数の有名無名の人びとが自らの見聞をそれぞれの身の丈にあわせて語ったことに由来する。生涯無一物を目指した筈の良寛が自分自身にまとわりつく伝説だけは捨て去ることができなかったのは皮肉であるが、あらゆるこだわりを捨てた、こだわらぬことにさえこだわらぬ逸格の禅僧良寛にとって、それもまた一興ということであろうか。

つる引けば遥かに遠しからす瓜

抱一

十一代将軍家斉の治政下にあった文化・文政年間はしばしば江戸町人文化の爛熟期といわれる。文化の爛熟とは何か、と言えば小難しくなるが、とりあえず、文化が発展の極に達し新たな創造の余地がなくなり既存の手法や様式を繰返すしかない段階といったらよいかも知れない。つまりはマンネリズムに支配された文化のことである。だが、英語のスペルからもわかるように、マンネリズムとはマナーイズムに他ならない。要するに一定の型、作法、流儀を尊重し、これを不変ないし所与として文化活動をおこなうことである。となれば、当然のように人びとの独創力は、様式そのものではなく、専らある様式のもとにおける表現を洗練、巧緻、完璧なものとすることにむけられる。

当時盛名をほこった山東京伝、曲亭馬琴、式亭三馬、東洲斎写楽、葛飾北斎、鶴屋南北

（四世）は、それぞれ戯作、浮世絵版画、芝居台本などの分野で多彩な創造力を発揮したが、それはあくまでも厳しい幕藩体制下のことであり、彼らの作品が、暗喩や誇張、奇抜な構図や筋書、細部へのこだわりなど、ホツケの〈マニュエリズム芸術〉と一脈相通ずる特徴をもっているのはこのためといえるであろう。

酒井抱一《ほういつ》（一七六一―一八二八）もまたこれらの人びとと同世代、化政期の江戸文化が生んだ傑出したマナリストの一人であった。

抱一といえば、ただちに次の句が思い出される。

詩骨牌に女もひとり春の雨

さまざまな鳥を千鳥と聞く夜かな

狗子のころび歩行くや花の雪

ふみ砕く蝶の力や芥子の花

いずれも、大名の子息らしくおおらかで、しかも琳派の絵師らしく繊細で優美な句である。だが、何と言っても有名なのは、吉原の行き帰りを吟じた次の二句であろう。

飛ぶ駕や時雨来る夜の膝頭

ほととぎす猪牙《ちょき》の布団の朝じめり

前句については、加藤郁乎氏の指摘したように、二つの本句がある。一つは其角の〈あれきけと時雨来る夜の鐘の声〉。もう一つは千束其爪点の『俳諧觽《けい》』にのせられた〈供侍の時雨来る夜の膝がしら〉である。抱一はまず吉原へ急ぐ遊客の姿から上五の「飛ぶ駕や」を得て、これに其角の「時雨来る夜の鐘の声」をもってきて、下五を「膝頭」と置きかえたものであろう。読者は中七で其角の句に誘導され、下五で「供侍の」の句に導かれ、上五の「飛ぶ駕や」にもどって、抱一の趣向に「なるほど」とうなずく……現代風にいえば、リンクの張り方が実に巧妙だといえる。

後句は、『新古今』秋上にある藤原清輔の〈薄霧のまがきの花の朝じめり秋は夕べとたれかいひけむ〉にもとづき、本来は籬の花か上臈の袖にふさわしい「朝じめり」をまがきの花の連想から吉原、それも帰りを急ぐ猪牙舟の「布団」につけかえたところにおかしさがある。朝霧のなか軽やかに大川を下る猪牙の艫の音とほととぎすの忍び音のとりあわせとあいまって、ある種の様式美をかもしだしている。

掲出句はこうした句に比べればはるかにわかりやすい。烏瓜はウリ科の蔓性の多年草で絡みつくものさえあればどこまでも蔓をのばしてゆく。夏の間は緑にまぎれているが、秋も深くなると鶏卵大の実が赤くなり、枯れはじめた藪木立の中でひときわ日に映えて美しく目を引くようになる。複雑にからみ合った蔓の一本を引くと、思いがけぬ遠くの枝先に赤い実のゆれているのを見出し驚くことがある。そんな経験をそのまま句にしたものであろう。

私の友人に年季の入ったシャーロキアンがいる。彼はこの句をみる度、ホームズの有名なセリフ、「人生と言う無色の糸の束には、殺人という緋色の糸が一本混じっている。ぼくらの仕事は、その糸の束を解きほぐし、緋色の糸を引き抜いて、端から端までを明るみに出すことなんだ」（アーサー・コナン・ドイル　日暮雅通訳『緋色の研究』）を思いだすという。殺人事件とはいささか物騒な連想だが、現実に我々の直面するさまざまな問題が、もつれた糸束や絡まり合った蔓のように、関連をたどってゆくと意外に遠くまでその範囲が及ぶことにまちがいはない。しかも、その絡まりの一端には必ず固有名詞をもった人間

（や組織）がいて、それが原因の究明や問題の解消をおくらせる。

引くほどに江の底知れぬ蓴《ぬなわ》哉　　　尚白

ぬなわとは沼縄とも書き、ジュンサイの古名である。

ともかくもあなた任せのとしの暮

一茶

小林一茶（一七六三―一八二七）の人生は不幸の連続であった。三歳の時に母を失い、継母とのいさかいがもとで、十五歳で故郷を離れざるを得なかった幼少期、辛い渡り奉公の中でふと出会った俳諧にうちこみ、師の竹阿の二六庵を継いだものの宗匠として一家をなすにいたらず、放浪と流寓の生活を余儀なくされた青年時代、亡父の遺産をめぐり継母、実弟とのながい抗争にあけくれた壮年期、そして、ようやく郷里に安住、妻をめとり子をさずかったのも束の間、次々と家族の死に直面せざるを得なかった老年期……文字通り薄幸で過酷な人生であった。

一茶の作品の底流をなす鬱屈した心情、世間に対する斜にかまえた態度、度を過ぎた自虐や自嘲は、こうした彼の生涯を考えれば当然のことであり、むしろそれにも拘らず、一茶が生涯を通じて明るさと笑いを失わなかったことの方が不思議といってよかろう。

たしかに、一茶には、「そこまで言わなくとも……」と思わせる句が少くない。

春雨や喰はれ残りの鴨が鳴く

も、その一例であり、そのあざとい物の見方に反撥したくなる。だがこれも、彼に、

花さくや目を縫はれたる鳥の鳴く

という句があることを知ると少々変ってくる。これは、江戸日本橋近くの小田原町にあった鳥屋での観察吟で、床下にこしらえた檻に身動きならぬ程押しこめられた上、太らせるために目を縫いつぶされた雁や鴨たちのあわれな鳴声を詠んだものである。類句の前文に、「鳥の心思いやられ侍る」と共に「親々よりなせるわざなれば、ぜひなき稼ひなるべし」とあるように、一茶のまなざしはいたましい鳥どもの運命だけではなく、そのような稼業を続けざるを得ない人びとの身の上にまで注がれている。

われわれが、一茶のあくどい諧謔に辟易しながら、これを否定し得ないのは、この事実による。つまり、一茶の観察眼が社会の底辺でうごめく人間の言動、というよりも人間の

生に必然的にともなう「業」にまでおよんでいるからであろう。

掲出句は、一茶の代表作である『おらが春』の巻末をかざる「名句」である。「あなた」とは浄土真宗の本尊である阿弥陀如来のことで、門徒の間で広くもちいられた呼称であった。阿弥陀は西方の極楽浄土をつかさどり、菩薩（修行者）として苦行していた時、四十八条の誓願をたて、これらを成就することによって悟道者すなわち仏（如来）の位を得たといわれる。その第十八願は、あらゆる衆生を善悪賢愚にかかわらず極楽往生させることを自らの本願としたもので、浄土真宗では、これにもとづいてあらゆる人びとは救われる、つまり極楽往生を約束されているとした。この結果、念仏は、往生を願うためではなく、むしろ、阿弥陀如来にわが身をゆだねる証しであり、その功徳をたたえるものであるとされた。この絶対他力の信仰を「あなた任せ」と言ったものである。

周知のように、この句は、『おらが春』巻頭におかれた「ことしの春もあなた任せになんむかえける」という前書をともなう〈目出度さもちう位也おらが春〉と呼応し同書のメインモティフをなしている。「あなた任せ」にむかえた文政二年がともかくも過ぎ去り、再び「あなた任せ」に暮れてゆく……一茶五十七歳でようやく見出したそれなりの安心立命の心境、或いは、信じ得ないものをともかくも信ずることによって、とりあえずの安心を得ようとする、前近代と近代社会のはざまに生きた一茶のそれなりの妥協の心境を詠じたものといえよう。

自由主義経済の唱導者として知られるハイエクは、市場を一種の情報処理システムとしてとらえた最初の経済学者でもあった。さまざまな財の需要と供給に関する情報が市場というブラックボックスに投入され、価格という情報が自動的に産出される。このシステムは、誰もが自由に参加できる、つまり情報を提供し利用できるという意味では開放的であるが、誰一人としてその決定過程に関与することができず、結果を制御できないという意味では、きわめて閉鎖的である。しかも、この決定は、最も効率的かつ効果的な財の配分と分配を約束するものと広く信ぜられている。この市場のもつ独自の自律性と公正性のために、人々は市場の機能に信頼をおき、その決定に自らの運命をゆだねるのである。

このかぎりで、自由市場を支える信条は、阿弥陀如来への信仰と相通ずるところがあるともいえよう。実際、「あなた」を「市場」、「年の暮れ」を「年度末」におきかえれば、この句は現在の経営者、特に財務担当者の心境にそのままあてはまるといってよい。

ともかくもならでや雪の枯尾花　　芭蕉

愛相にもひとつころべ雪の人　　梅室

桜井梅室《ばいしつ》（一七六九—一八五二）は金沢の人、成田蒼虬《そうきゅう》（一七六一—一八四二）、田川鳳朗《ほうろう》（一七六二—一八四五）とともに天保期の三大家と称せられる俳諧師である。闌更門の馬来の槐庵を継承し、二条家から七世花の本（下）宗匠の允許を得た。花の本宗匠は、俳諧では曉台までさかのぼる此界最高の権威をもつ称号である。実際、梅室の盛名は江戸はもとより全国におよび、名実ともに幕末最大の俳諧宗匠であった。

しかし、梅室が現在にいたるまでその名を残したのは、皮肉なことに、明治期に子規によって蒼虬、鳳朗とともに天保の「月並調」として一括批判の対象とされたためである。子規は、明治二十八（一八九五）年『日本』紙上に、後に『俳諧大要』としてまとめられた俳句文学論を掲載したが、その中で「天保以後の句は概ね卑俗陳腐にして見るに堪えず」

ときめつけた。

子規の批判にはいくつかの動機がからんでいる。その一つは、当時各地でおこなわれていた月例句会に参加した子規が宗匠連中の権威主義にあきれ果て、日頃から彼らの卑俗な俳諧観に嫌悪と侮蔑の念をいだいていたこと。次に、子規が「俳句は文学の一部なり。文学は美術の一部なり」したがって、「美の標準」が文学はもとより俳句の作品評価にもあてはまるという主張をもっていたこと。実際、子規はこの前提にもとづいて、理屈や諧謔をふくむ句はいかに面白くとも美的鑑賞の対象としては無価値とみなしたのである。

そしてもう一つ、子規が独自の「たるみ」論をもっていたこと。「たるみ」とは、不必要な言葉、例えば、「てには」などの助詞をはじめ、副詞、動詞を多用することによって句調にゆるみの生ずることを言うが、子規は、この規準にしたがって、「句調の最もしまりたる安永・天明の頃なりとす。故に同時代の句は概ね善し。元禄の句はこれに比すればややたるみたり。（中略）天保以降は総たるみにて一句の採るべきなし」と天保の俳人に対してきびしい判定をくだした。

当時の子規は、明治の青年共通の自負と功名心をいだき上京したものの、学問ももままならず小説家への道も断たれ、日清戦争の従軍記者として旅順に渡ったあげく喀血し帰国せざるを得なかった、いわばうち続く挫折に何とも鬱屈した心理状態にあった。俳諧や和歌など伝統文藝に対する批判は、こうした欝屈の恰好の捌け口であり、子規の口調が少々過激になるのもいたしかたないことであった。

いずれにせよ、それ以来「月並調」は陳腐の代名詞となり、天保期の俳諧についてはまずこの色眼鏡をかけて見るという風潮が生れた。子規の刷新運動によって、それまでの俳諧とは全く異質の近代俳句が誕生した。これはまぎれもない事実である。だが、俳諧世界をかたちづくっていた「美」以外の要素を捨て去ることによって、俳句が可能性としてもっていた筈の多様な面白さを失ってしまったことは残念であった。しかも、子規の主張にしたがって藝術への道を歩んだ筈の俳句は半世紀余りを経てなお「第二藝術」の地位に甘んぜざるを得なかった……歴史というものはなかなか一筋縄ではいかないものである。

雪中の歩行は、降っている最中も降り積もった後も難儀なものである。特に高下駄の場合、歯の間に雪がつまってしまい、団子のように丸くなり、歩くのはおろか立っていることさえおぼつかなくなる。用心しながらもつい滑ったり転んだりしてしまう。作者は、ここで誰もがもっているこのような体験にもとづき、芭蕉の〈いざ行《ゆか》む雪見にころぶ所まで〉をふまえ、「もひとつこころべ」と興じている。「愛相に」という上五が「雪の人」という下五文字とあいまって、まさに月並調の代表作といえる仕上りになっている。

福澤諭吉は、『民情一新』の中で、この句をとりあげ、人間には、他人の難渋するのを見てよろこぶ性癖のあることを指摘して、次のように述べている。

「驟雨に人の狼狽するを見て悦び、旅人の犬に吠えらるるを見て笑ひ、堂々たる武士落馬し衣裳を穢し、艶々たる美人車より落ち醜態を露わす等、その本人に於ては無上の難渋たれども皆以て路傍の人の一興を増すに足るべし。（中略）古来火事を見て笑う者あるも泣く者あるを聞かず。然かのみならず、出火と聞て見物に出掛け頓に鎮火すれば却って大に落胆してその顔色不平なるが如き者あり。人間の心思、実に驚愕するに堪えたり」。

人の不幸を見て喜ぶ。ということは人の幸をみて怒り哀しむことに通ずる。是非はともかく、それが人間の驚くべき「心思」であるならば、大いなる賞賛はそれに倍増する瞋恚《しんい》の念に裏打ちされているものとみなければなるまい。

大きく転倒する前に一、二度は小さく転んでみせること、それが、経営者にかぎらず指導的立場にある人物の周囲の人びとに対する「愛相」というものであろうか。

と言って、人はつねに瞋恚の炎をもやしている訳でもない。梅室には、羨みや妬みまでいたらぬ素直な感嘆をうたった次のような歳旦句がある。

元日や人の妻子の美しき

Ⅲ

更《か》へ〳〵て我が世は古りし衣かな

鳴雪

内藤鳴雪《めいせつ》（一八四七—一九二六）は本名素行、松山藩の江戸詰、それも定府の藩士内藤房之進の長男として三田の中屋敷に生れた。藩邸はいまの慶應義塾の「北隣の高台」で、現在のイタリア大使館付近にあった。鳴雪は自叙伝で子どもの頃猿若町の大芝居を家族でみにでかけた記憶を紹介し、現在の汐留近くの掘割の岸辺に「並んで居た船宿で、屋根船を雇って霊岸島に出て、それから隅田川を山谷堀までさかのぼって猿若に達した」と述べている。維新前の江戸が美しい水の都であり、人びとの生活が舟運に大きく依存していたことをしのばせる。

鳴雪は十一歳で父の帰藩にしたがい松山にもどり、藩校の明教館で漢学を学び、維新後東京に出て漢・国学を専門とする昌平学校に入学、帰国後この体験をいかして藩政改革、特に学制改革に従事した。その後廃藩置県で愛媛県に変わった県庁の学務課を経て、文部省に入り、森有礼文部大臣のもとで書記官をつとめた。そのかたわら、旧藩主が松山出身者のために開設した常磐会寄宿舎の監督となり、たまたま同会の給費生になっていた正岡子規と知り合うことになった。

子規は、明治二十一（一八八八）年常磐会寄宿舎に入り、その一室を獺祭書屋と名づけ、河東碧梧桐の実兄である竹村黄塔や五百木瓢亭と共に俳句づくりに精出していた。そのかたわら、故郷の先輩にあたる鳴雪をたずねて漢詩の指導をうけていたが、明治二十四（一八九一）年鳴雪が文部省を退官し寄宿舎の監督に専念するに及んで両者の交流は急速に深まった。おそらく、熱心に俳句のおもしろさを説く子規に、鳴雪が「よかろう、わしが漢詩の添削をしてやる代りに、貴公には俳句の指導を頼む」といった軽い調子で始めたのであろう。しかし、鳴雪の句は月並調で子規はなかなか誉めてくれない。そこで芭蕉の『猿蓑集』を熟読しその句柄にならって数句つくり、子規に見せたところ賞賛を得た。ここから二人はたがいに相許す間柄になったと思われる。

もともと子規は鳴雪より二十歳ほど年少である。だが鳴雪はこれにこだわらず常に子規を師として仰ぐ態度をくずさなかった。他方、子規もまた鳴雪を自派の長老として敬い、これは碧梧桐、虚子にもひきつがれた。大正六（一九一七）年鳴雪の古稀のための祝賀能が靖国神社の能楽堂で催されたが、その折の演目「自然居士」のシテを虚子、ワキを碧梧桐が演じている。当時俳論上の対立からほとんど絶交状態にあった子規高弟の二人が白髯の宿老のため虚心に演能する姿は、参会者に大きな感動をあたえたといわれる。
鳴雪の交流は、その闊達な人柄と学識によって、子規のひきいる日本派だけではなく尾崎紅葉など文人の集う俳諧結社「秋声会」に及び、新派に止まらず旧派の俳人にもひろがっていた。そのため、彼の作風は一言では言い切れぬほど幅広いところがある。その代表作は明治二十九（一八九六）年の、

秋の水湛然として日午なり

であろうが、天保年間板行の『東都歳時記』に「およそ月は水に映るを賞す」とあるように、水といえば何よりも月とする美意識が生きていた当時、「秋の水」に対して「日午なり」と言ったところが人びとを驚かせ、名句の評判を得たものと思われる。

鮟鱇《あんこう》の口から下がる臓腑かな

と共に、彼の句境が旧派のそれとは一線を劃していたことを証する作例といえよう。他方、鳴雪には、

七夕を寝てしまひけり小傾城

寒声は女なりけり戻り橋

など回顧趣味に富む句も少なくない。寒声とは、厳寒の中大声で読経や唱歌をして喉をきたえることを言い、「戻り橋」とは渡辺綱が戻り橋で鬼女に出会い片腕を切り落とした古譚を歌舞伎の舞踊劇に仕立てたものである。勇壮な常磐津「戻り橋」をさらう寒声の主を女としたところが手柄で、「戻り橋」は明治二十二（一八九〇）年初演されているから、まさに明治情調あふれる一句だといえる。

掲出句は寓句というよりも感慨句であり、松山藩士から愛媛県吏を経て明治政府の文部官僚、そして、いまは無位無官の一俳徒と、幾多の転身を経てきた自分の一生をふりかえり、これを衣更に託して詠じたものである。

「一生を得た」とは天保生れの福澤諭吉の言葉であるが、これと同じ思いを弘化生れの

鳴雪も持ったに相違ない。それは慶應生れの子規や漱石まして明治の御世に生をうけた碧梧桐や虚子には持ちようのない、ある世代にのみ許された感慨なのであった。

衣更のたびに新しい衣服に着替えてきたものの、中身は相変わらず、しかも、そのたびに新調した筈の衣服さえ年毎に古びてゆき、いまや全く時代遅れになってしまった……鳴雪という俳号は〝なりゆき〟とも読む。つまりなりゆきまかせに過ごしてきた人生への反省と時代が自分を追いこしてゆくという晩年の思いが、二重うつしになって、この句の哀切感を一層深いものにしている。

付きかけた道のなくなる夏野哉

竹冷

角田竹冷《かくたちくれい》（一八五七―一九一九）は本名眞平。幕末、駿州加島村（現静岡県富士宮市）に生れ、十七歳で上京し、幕臣で維新後ジャーナリストとなった沼間守一《ぬまもりかず》の書生となり、二十五歳で代言人の資格をとった。代言とは「弁論する」という意味をもつadvocateの訳語で弁護士の旧稱である。代言人は免許制で試験に合格した者にだけ代言人の資格があたえられた。いわゆる三百代言はこの資格を詐稱する連中のことで、「三百」は「三百文」と同じ、その位の値打しかない代物だということであろう。

しかし、竹冷は三百文どころか百両にも値いする東京でも有名な代言人の一人であった。それは、彼が東京日日新聞主筆の福地桜痴の筆禍事件をはじめ、次々と有名事件の弁護を手がけたからである。特に、新派の当り狂言「明治一代女」で知られる箱屋峯吉殺しの花井お梅を弁護したことによって盛名を得た。他方、政治にも関心をもち、神田区会議員、東京市会議員をへて明治二十四（一八九一）年第一期補欠選挙で当選し衆議院議員となり、以後、改進党の領袖として活躍した。また、明治十一（一八七八）年開業した東京株式取引所にも関係し、後に理事長をつとめるなど明治中・末期の政財界で重きをなした。

竹冷は、父の影響で幼少から俳諧に親しみ、七歳の時〈朝顔や垣にからまる風の色〉という句をつくり、これを生涯の語り草にしていたという。弁護士、政治家としての多忙な日々を送る中で作句を怠らず、当時改進党の機関紙であった毎日はじめ読売、国民新聞の俳句欄の選者となった。とりわけ、明治二十八（一八九五）年尾崎紅葉、戸川残花、巖谷小波、岡野知十と共に俳諧結社「秋声会」を発足させたことによって近代俳句史にその名を残すことになった。この会は、「詞調の新古門派の異同」を問わず、「発句連句或は俳談に浮世の余間を楽しまん」とする趣旨のもと、「毎週土曜日の点燈頃」、神田猿楽町にあった竹冷宅に参会しようというもので、句誌を刊行、句会その他さまざまな催事をおこない、一時は子規の日本（根岸）派とならび新派を二分する存在となった。

白魚や憚りながら江戸の水

その猿楽町の竹冷の自宅に、立春の早朝佃島の親分「つく政」が白魚を土産にもって来た。これは、その時つくられた挨拶句といわれる。白魚はよくシラスとまちがわれるが、全くの別種でシラウオ科に属し、体長約一〇センチ、半透明の細身の成魚で、寒中から初春に夜半船端の篝火に寄ってくるのを四つ手網ですくいとる。この漁法は各地で行われているが、古くから海苔とならんで浅草川の名産とされ、特に佃島の白魚は徳川家への献上品として知られていた。

この故事というには新しすぎる由緒をふまえ、有難く土産物を頂戴しながら、ピチピチと元気にはねまわる白魚に代って「なりは小さいがこれでも江戸の水をくぐった江戸っ子だい」と興じてみせたものであろう。中七の「憚りながら」がきいている。竹冷は、近世の俳諧を熱心に研究し、とりわけ其角を愛したが、この句はその軽やかな戯れ心をうけつぐものといってよい。

根岸派が子規の没後も碧梧桐や虚子をはじめ多数の俳人を輩出し、近代俳句史の本流をなしたのに対して、秋声会は紅葉没後間もなく表舞台からその姿を消してしまう。しかし、俳諧史、特に近世俳諧と俳書研究史に秋声会の果たした役割は根岸派とは比較にならぬほど大きい。それは、竹冷が、実業家の伊藤松宇、医師の大野酒竹と共に明治初年の萩原乙彦の遺志をひきついで江戸期の俳書の蒐集に努めたからで、彼らの蔵書は明治期の三大俳書文庫と稱せられた。実際、彼らの努力がなかったら江戸期の俳書は、ほとんど散逸してしまったと思われる。

秋声会は、自然描写に重点をおいた子規一派に比べ、人事句に関心をもち、特に、竹冷は「時事」つまりカレント・イシューを俳句によむことに熱心であった。掲出句は、明治二十七（一八九四）年読売新聞に掲載された「時事俳句」の一例である。「鉄道修正案皆否決せり」と前書にある通り、彼が心血をそそいだ鉄道関連法案が議会で否決された直後の作句である。

原野を切り開きようやく人一人通れるほどの小道をつけたが、夏草は旺盛な繁殖力を示し、あたりはもとの原野にもどってしまった。落胆、懺悔、後悔、嘆息などさまざまな感情がこめられているが、それが他人への遺恨や自嘲にならず、人間の営為にかかわらず旬月にしてもとの夏野にもどしてしまう自然の摂理への敬嘆となっているところに明治人竹冷の器量の大きさを感じさせる。革新的事業に挫折はつきものである。一度や二度の挫折は、その事業の革新性を示す指標といってよい。

あらゆるイノベーターに座右の句として薦めたい一句である。

生きかはり死にかはりして打つ田かな　　鬼城

村上鬼城《きじょう》（一八六五―一九三八）は本名荘太郎、幕末江戸詰の鳥取藩士小原平之進の長男として小石川藩邸に生まれた。維新後、父は代書人となり上州高崎に移住、荘太郎は母方の村上家の養子となった。地元の私塾で漢学と英学を修め、十八歳の時陸軍士官学校を受験したが、極度の難聴のため不合格、二十歳で法学を学ぶために上京したが十年の苦学の末これもかなわず、明治二十七（一八九四）年、高崎区裁判所構内にあった亡父の代書屋を受け継ぐことになった。

明治の東京の発展は全国から大志をいだいて上京した若者によってになわれたが、そのうち功なり名とげた者はほんの一握りにすぎず、傷心をいだいて帰郷せざるを得ない者も少くなかった。鬼城もそうした一人であった。

もともと高崎は三国街道と中山道との分岐点にあたり、明治十七（一八八四）年上野から高崎に至る鉄道が開通し、周辺に前橋、桐生、富岡など繊維産業の中心地、草津、伊香保などの温泉保養地があったため、東関東の交通の要衝として発展したが、東京に比べれば暗く淋しい田舎町にすぎなかった。三十歳にして前途に見切りをつけ高崎にもどった鬼城には想像を絶する挫折感があったにちがいない。

しかも、彼は、生涯その地を離れず五十九歳で廃業するまで、一介の代書人として前途に希望のない日々を送らざるを得なかったのである。代書人の収入は乏しく、八女二男をかかえた生活は貧窮をきわめたといわれる。だがその中で、鬼城は八女とも県立高女を卒業させ、二人の男子を小樽高商に学ばせている。これは彼が挫折者ではあったが、敗残者ではなかったことを示すものといえよう。

俳諧はこうした鬼城にとって唯一の慰めであった。帰郷後間もなく子規との文通をはじめ、しばらくは自然描写を試みていたが、十年余りの試行錯誤を経て、鬼城独特の句風に到り、それが虚子に認められた。といっても、依然として無名に近い存在であったが、大正四（一九一五）年一月『ホトトギス』に掲載された、

冬蜂の死にどころなく歩きけり

を読んだ大須賀乙字がその作風と作者の人柄に惹かれ、彼の作品をあつめて大正六（一九一七）年『鬼城句集』を刊行したことによって、虚子門下の異材としてその名を知られることになった（山口誓子の父が資金援助したという）。鬼城には、この他に、

春寒やぶつかり歩く盲犬

闘鶏の眼つぶれて飼われけり

鷹のつらきびしく老いて哀れなり

などの句があるが、いずれも、苛酷な条件のもと生きてゆく動物たちの境遇を詠じたものである。はじめてこれらの句に接した読者は、こうした特異な観察眼をもつ作者について関心をもち、ラッパ状の器具なしには依頼人の話さえ聴きとれないほどの耳疾をかかえ、貧困になやむ作者の生活を知り、その境遇がこれらの句に投影されていると感ずる。鬼城の作品が「境涯句」と呼ばれる所以である。

掲出句は、少々趣きの異なる境涯句である。高崎周辺の山里の初春の風景を対象に、山間の狭い棚田で独り土を鋤きかえす男に託して、父祖代々子々孫々に至るまで同じ土地を相手に同じことを繰返す農民の宿命を詠じたものである。かつて読者は、この句から例外なく、わずかばかりの土地にしがみつき重労働を余儀なくされる貧農の哀れな宿命を読みとったものである。だが、現在はこうした農民の姿にある種のしたたかさを感じ、その境遇に軽い憧憬の念さえいだく読者もいるのではあるまいか。それは、これら農民たちが単に田畑だけでなく、ある信仰、誰もが子孫によって死後もまつられご先祖様になるという信仰を代々継承していたからである。

柳田國男は、昭和十九（一九四四）年、子をもつことなく戦場に散ってゆく若人に思いをはせ、『先祖の話』を書いたが、いま戦時下とは全く異なる社会状況のもと、自らの意志で子どもをもたぬ若者たちが増加している。また、たとえ子どもがあっても彼らが自分たちの墓参りをしてくれるかどうか確信をもてない親たちもふえている。新しい観点から『先祖の話』が書かれねばならぬ今日、掲出句は、従来とは全く異なった寓意をもってわれわれ一人ひとりに問いかけてくるように思われる。

畑打や代々《よよ》につたへて畠《はた》の墓　蛇笏

玉か石か瓦かあるは秋風か

漱石

　夏目漱石（一八六七―一九一六）は本名金之助、江戸牛込馬場下町（現在の新宿区喜久井町）の町方名主の子として生まれた。二歳で養子にだされ、その後生家にもどったが十五歳で実母を失った。こうした幼少期の経験が、彼の生涯をつらぬく人間不信と厭世感を生みだしたように思われる。

　もし、第一高等中学で正岡子規と出会っていなかったならば、英国留学に際してオックスフォードやケンブリッジで学ぶに十分な留学費を支給されていたら、朝日新聞社からの傭聘がなかったら、そして、宿痾の胃病がなかったら、文学者としての漱石の一生には、他の人びとと同様、さまざまなｉｆが埋めこまれている。しかし、何と言っても見逃し難いのは子規との出会いであった。実際、もし子規との交流がなかったら、俳人としてはもちろん小説家としての漱石も存在しなかったのではあるまいか（彼の文名を一気にたかめた「吾輩は猫である」は明治三十八（一九〇五）年『ホトトギス』に連載された）。

漱石は、子規との交際がはじまった二十三歳から五十歳で没するまで多数の俳句を残しており、多くの俳人、作家、評論家が評釈している。なかでも捨てがたい味をもっているのは内田百閒のそれであろう。何しろ、百閒は、有名な子規居士の〈痰一斗糸瓜の水も間に合はず〉について、「あまり馴れているので、どう云う事を云っているのか、考えてもみなかった。今改めて読み直して、さてその句意を考えて見ると、私には何の事だか、丸でわからない」と言い切る人物である。しかも、「しかし分からないなりにいい句であると思う」とぬけぬけとつづけた上で、「『痰一斗』と詠み捨てた病人の気概、ただそれだけの句であって「糸瓜の水も間に合はず」は単なる余韻であろう」としめくくるという名人芸をみせている。

漱石については、「漱石俳句の鑑賞」の中で、二十数句をとりあげているが、とりわけ「長女出生」という前書のある、

安々と海鼠の如き子を生めり

についての評釈は、「飄逸と云ふのか、洒脱と云ふか、或いは俳趣味の非人情と云ふか、実に驚き入ったお祝いの句もあったものである」から、「句全体が、まるで海鼠の様な感じを現わしているのである」まで、間然する所なき「名評」である。

同じエッセイの中で、百閒は、明治三十六（一九〇三）年の、

雲の峯雷を封じて聳えけり

を漱石が日頃主張する「壮美」の詩趣を詠じた絶唱と称賛している。そこで、「雷」を題材にした句をさぐってみたら、次の二句がみつかった。

雷の図にのりすぎて落ちにけり

落ちし雷を盥《たらい》に伏せて鮓の石

まえの句は明治四十（一九〇七）年の作、日露戦争に勝ち一等国入りしたと有頂天になっていた日本国民に対する漱石の警告と言ってよかろう。あとの句は、「雲の峯」と同じ

年の作で、落ちてきた雷公を盥に伏せて捕えたが、まだ暴れているので膾鮓をつくるための重石を持ってきて盥の上にのせるという、漱石一流の滑稽趣味あふれる作品である。

冒頭の句は、明治二十九（一八九六）年漱石が九州に旅行した際、子規に送った句稿の一つ。「都府楼瓦を達磨の前に置きて」という前書にある通り、筑前の筑紫（現福岡県太宰府市）の大宰府庁舎都府楼の廃址から発掘された古瓦ないしこれを用いてつくられた瓦硯を達磨大師像の前に置いての吟詠、或いはそういう想定のもとにつくられた句である。上五の「玉」はギョク、タマ、どちらに読むかわからないが、いずれにせよ字余りである。「玉か」「石か」というおなじみの二分法に「瓦か」を加え三択にして、興じたものであるが、あらゆる差別にこだわらぬ無分別の境地を是とする禅の教義からすれば、こうした選択それ自体が無意味だとして、「秋の風」とうけ流したものであろう。「あるは」は「或いは」の簡略形であるが、「在るは」とも読める。

文字通り瓦礫にすぎない古瓦が都府楼と呼ぶことによって好事家には千金に値いするものとなる。つまりはブランディングの効用であろう。自己の好みを述べることによって一片の瓦礫を金塊に変える。利休、織部、遠州はみなこの意味でのブランディングの名手であった。現在の日本人のブランド好みはこの数寄の伝統をうけついでいるともいえよう。勿論ブランドにこだわらぬ人びとも多数いる。だが、現代のマーケターは、彼らを対象にして「無印」さえブランド化することに成功してしまった。秋風の吹く中鎌倉の円覚寺境内にあるという漱石先生の石碑の前に「無印」の皿を置いて「これ如何に」とたずねてみたい思いに誘われる。

涼しさは下品下生の仏かな

虚子

高浜虚子《きょし》（一八七四―一九五九）は本名清、愛媛県松山市の生れ、伊予尋常中学で河東碧梧桐と同級になり、正岡子規の指導のもと作句を始めた。その時、子規は二十五歳、虚子は十八歳。子規は三十六歳で亡くなっているから、わずか十年程の交際にすぎない。だが、最も多感な青年期に子規という強烈な個性に遭遇したことは、虚子にとって運命的なものがあった。実際、虚子の一生は、子規居士（或いは升《のぼ》さん）から託された俳誌『ホトトギス』を維持し、近代俳句をになう多数の俳人を育てることにささげられたのである。虚子が柳原極堂の始めた『ホトトギス』をひきうけ、東京で発刊したのは明治三十一（一八九八）年、現在まで百十余年、これ程長期にわたって続けられた詩誌は世界文学史上でも稀ではなかろうか。また、虚子自身ほぼ半世紀にわたり同誌雑詠欄の選者をつとめた。

これまた稀有なことと言えよう。

岩波文庫『虚子五句集』には、そのながい俳歴を通じて虚子が詠じた三千余句がおさめられており、多くの寓句（ないしそれと解される句）がみられるが、何と言っても圧巻は碧梧桐への追悼句であろう。

たとふれば独楽のはぢける如くなり

碧梧桐という無二の友人との爾汝の交わりを子どもの頃興じた独楽遊びにたとえたものであるが、「碧梧桐とはよく親しみよく争ひたり」という前書と共に虚子の亡き友への万感の思いが伝わってくる。近代寓句の中でも有数の名品といえよう。だが、それにも拘らず、掲出句を選んだのはそれなりの理由がある。虚子といえば、多くの読者が「客観写生」、「花鳥諷詠」、それに「諸法実相」などを想起するに違いない。だがもう一つ虚子を語る上で欠かせぬ言葉として「大衆文藝」をあげることができるのではあるまいか。

明治三十八（一九〇五）年九月刊行の『ホトトギス』に、虚子は「俳諧スボタ經」という小文を掲載している。これは〈俳句の作者には資質に差があり、天分に恵まれた者と乏しい者とでは句の出来ばえに大きな相違が生まれる。しかし、俳句を知る人とそうでない人との間にはより大きな相違、仏教のいわゆる有縁と無縁の衆生ほどの格差があって、そこに俳句の功徳が在る〉ということを戯文調で述べたもので、最後に「天才ある一人も来れ、天才なき九百九十九人も来れ」と読者に呼びかけている（ちなみに、スボタとは須菩提と書き、釈尊の十大弟子の一人で空に関する理解第一といわれる学僧であった）。

碧梧桐が「日本俳句」に全国の俊秀をあつめ「俳三昧」という難行《なんぎょう》を課すことによって新しい俳句の道を開拓しようとしたのに対し、虚子は一人の天才と共に九百九十九人の凡才を相手に、易行《いぎょう》としての作句を提唱し、子規によって始められた近代俳句を大衆文藝として定着させようと試みたのである。虚子は、俳句を何よりもまず「大衆的なもの」すなわち多数の「大衆が作り味わう」文藝だと考えていた。この場合の大衆は低俗文化のにない手としての大衆ではなく、また少数の作家のつくった作品を読むだけの大衆でもない。作句と読句を通じて俳人としての天分を開花させる可能性をもった多様な人びと、つまり、仏教でいう衆生に近い存在だと言ってよい。俳句は誰でも作り味わうことができるが、我流の修行では「成仏」できない。人びとが切磋琢磨する場と「成仏」へと導く指導役《コーチ》が不可欠であり、『ホトトギス』の雑詠欄と選者は、まさにこの場と指導役に他ならない。

昭和二十八（一九五三）年『ホトトギス』の姉妹誌『玉藻』にのせられた「俳諧九品仏」で、虚子は、歌道にしたがい俳句修行者をその資質によって上・中・下品の三位と上・

中・下生の三階を組合せた九位階に分け、各位階に応じた適切な指導の必要性を強調している。「仮りにも選をするのであるから選りわけて悪いものは落し良いものは採る、という厳正な批判の眼を向けることは勿論であるが、（中略）人はそれぞれ天分がある。その天分相当の仕事をするより外に仕方がない。だから俳句も上品上生の人の俳句はそれなりに選抜して採る。以下下品下生に至るまで九品の仏のそれぞれの俳句は、それぞれの天分に従って採る」これが、虚子の『ホトトギス』雑詠欄の投句選抜基準であり、指導方針であった。

掲出句は、昭和十四（一九三九）年東京郊外の九品仏浄真寺への吟行会でつくられたものである。一見ごく普通の写生句にみえるが、これが寓句であることはもはやあきらかであろう。新緑の風が堂内を吹きぬける中、九体の仏たちはそれぞれの品に応じた「涼味」を感得しているのであろう。或いは、より人間に近い筈の下品下生の仏こそわれわれと同じ涼しさを感じているのかも知れない。この句を通じて、虚子は自らが選者として採否をきめてきた弟子たちの一人ひとりに思いを寄せているのである。

ネット上の遠隔教育や医療の普及にともない、教え手は、異なる学習動機をもち、知識・技能も大きく異なる多数の学び手に直面し、その対応に苦慮している。九品の相に応じた指導の必要性を説く虚子の主張は今後ますます重要性を増してゆくと思われる。

震災忌われに古りゆく月日かな

青嵐

永田青嵐《せいらん》（一八七六―一九四三）は本名秀次郎、淡路島の名家に生まれ、京都の三高に入学、碧梧桐の友人であった寒川鼠骨に出会い俳句のおもしろさを知った。大変な秀才で、三高を卒業すると同時に判検事弁護士試験に合格、翌年には高等文官試験に通ってしまったので、大学進学を放棄したという。当時の帝国大学は学問の府というよりは国家官僚の養成機関であり、高校は大学進学の予科とみなされていた。通常は大学卒業後に受ける資格試験に高校卒でパスしてしまったのだから、そんな選択もあり得たのであろう。いずれにせよ、稀代の秀才であったことはまちがいない。

実際、秀次郎は大学に代って当時最も優秀といわれた内務官僚の途を選び、大分、石川、熊本県警察部長、京都府警察部長、三重県知事、内務省警保局長を歴任し、大正七（一九八一）年四十二歳で貴族院議員となった。同じ貴族院議員であった後藤新平の愛顧をうけ、大正九（一九二〇）年後藤が東京市長に就任した際、請われて助役をつとめるにいたった。

後藤は、市長になってから新聞記者に「お役目大変でしょう」と言われる度に「なに、疊の上に寝ころがっているだけさ」と答えたといわれるが、当時東京市には永田に加えて池田、前田という優秀な補佐役がそろっており、後藤は彼らを信頼し実務をまかせていた。つまり疊の上に寝ているとは、三つの田に宜しくまかせる、という洒落である。

大正十一（一九二二）年後藤新平は第二次山本権兵衛内閣入閣のため職をしりぞき、代って永田が東京市長に就任するが、翌年関東大震災に遭遇することになる。

庭に寝て月孕《はら》む雲恐ろしき

「震災を怖れて庭に寝る家多し」と前書にある通り、震災当夜の恐怖と不安におののく体験を詠んだ句である。翌年二月の『ホトトギス』に掲載された「震災雑詠」にはこの他に、

庭に釣る蚊帳膨るゝや萩の花

があり、また、

バラックに一幅かけぬ月の夜

秋風や家焼たるに閉す門

なども、戦後の焼跡風景に通ずるものがあり、忘れられない句であろう。実際白金や南平台のあたりには、塀と門扉は無事なのに中へ入ってみると建物はなく、ただ雑草が丈高く生い茂っている妙にガランとした屋敷跡がついこの間まで残っていた。

震災直後、永田自ら災害対策の陣頭にたち、その後も帝都復興院総裁となった後藤新平と共に東京復興事業に奔走するが、震災時の悲惨な経験は彼の心にながく忘れがたい傷跡を残し、昭和四（一九二九）年九月には、

震災忌萩のうねりのうき思ひ

をつくっている。秋風にそよぐ庭前の萩をみるたびに、震災当夜の不安といらだちの感情

がまざまざと思いだされたのであろう。

その後、永田は国政に転じ、昭和十一(一九三六)年広田弘毅内閣のもとで拓務相をつとめ、昭和十四(一九三九)年阿部信行内閣の鉄道相、この間に拓大学長をつとめ、さらに大東亜戦争が始まると、軍の最高顧問としてフィリピンにおもむき、昭和十八(一九四三)年同地で客死した。掲出句は、その病床での作で、これが事実上の辞世となった。

震災後二十年余を経て、九月一日を外地の病床でむかえた青嵐にとって、往時茫々とは言いながら当時の惨状はなお記憶に深く刻みこまれていたにちがいない。しかし、震災忌そのものに対する周囲の若い兵卒や看護婦の反応はもう一つはっきりしない。それは当然で、彼らは震災の記憶を全くもちあわせていない世代に属するのであった。

古川柳の、

新造に砂の降ったる物語り

が思いだされる。新造は武家や商家の妻女の呼称だが吉原では年少の見習い遊女をさす。年頃はせいぜい十五、六、孫のような小娘に年老いた遊客が若い頃の宝永の大噴火の昔語りをしている。そうした場面を詠じた句である。登場人物は新造と遊客のふたりだが、もとより新造の句ではない。そうかといって遊客の自得の句という訳でもない。ここは同席した第三者の吟じた句とみたい。「降りつもる砂であたり一面すっかり白くなってしまってな」、何の興味も示さない新造相手に言いつのる年長の遊び仲間に「そんなこと言ったってわかる筈がない。この子のお袋だって生まれていなかったのだから……」と茶々をいれながら、あらためてその話題がわかるわが身をふりかえり、かすかな「老い」を感ずる。そんな中間世代の悲哀がうかがわれる。

様《さま》見えて土になりゐる落葉かな

東洋城

明治、大正、昭和三代にわたって活躍した俳人たちは皆それなりに立派な風貌をしているが、老境に入って顔つきが優しくなる人と厳しくなる人がいるようである。老いてなお厳しく、いよいよ美しい顔だちになった一人に東洋城《とうようじょう》がいる。明治十一（一八七八）年の生れだから、碧梧桐、虚子よりも数歳年少ということになる。しかし、若い頃から碧・虚何するものぞという気概をもっており、生涯にわたりそれを失わなかった意志の人でもあった。一時「国民俳壇」の選者を虚子にまかされ、俳誌『渋柿』を主宰したこともあって、多数の弟子を育てたが、禅問答まがいの奇矯な指導をおこなったことによって離反する者も少くなかった。一生娶らず借家に独居自炊の生活を送り、二万余に及ぶ作品を残しながら、生前は一冊の句集をも編むことを肯じなかった。

松根東洋城（一八七八―一九六四）は本名豊次郎、東京の築地に生れたが、もともと四国宇和島が父祖の地であったため、松山中学に学んだ。一高を経て東京帝国大学に進んだ後病気のため京都帝大に転じ、明治三十八（一九〇五）年仏法科を卒業し、宮内省に入省した。翌年虚子が碧梧桐の「俳三味」に対して始めた「俳諧散心」（月曜会）に参加、初期の代表作として知られる王朝風の佳句、

黛《まゆずみ》を濃うせよ草は芳しき

をつくり、『ホトトギス』の有力な新進と認められ、明治四十一（一九〇八）年「国民俳壇」の選者となるに及んで、全国にその名を知られる存在となった。これは、十年ほど前、虚子の入社とともに開設された国民新聞の俳句欄の選者を、虚子が小説に専念するために東洋城に委譲したものである。当時は、碧梧桐の「新傾向俳句」の全盛期、その中で東洋城は「虚子捨て碧誤りし」定型俳句の牙城を守りつづけ、飯田蛇笏、長谷川零余子、久保田暮雨（万太郎）、野村喜舟など多数の俳人を育てた。しかし、大正になって虚子が俳壇に復帰すると、国民新聞は俳句欄を東洋城に無断で虚子選にもどしてしまった。東洋城はあえてことをかまえることをせず、

怒ること知ってあれども水温む

「有感（大正五年四月十七日国民俳壇選者更迭発表の日）」という前書のある一句をもってむくいたが、以後虚子とは交際を絶ち、たとえ公式の席で出会うことがあっても、決して言葉をかわすことはなかった。

東洋城は、大学卒業後ただちに宮内省に入り、大正八（一九一九）年退官している。したがって、明治、大正二帝に仕えたことになるが、

秋風や装束《そうぞ》き習ふ大喪使

は、明治天皇崩御にあたっての作であり、

渋柿のごときものにて候へど

は、「さて仰せかしこまり奉るとて」という前書の通り、第一次世界大戦中大正天皇の勅

により三句を奉呈した際の感慨句である。その奉呈句の中に〈秋風や世界に亡ぶ国一つ〉があったが、それから一世代も経ぬうちに祖国が同じ運命を辿るとは知る由もなかった。

淋しさは国の末見る芒かな

浅間山麓の疎開先で終戦をむかえて作られた「敗艸二十句」の一つ。艸とは見慣れぬ文字だが、〈ジク〉と読み、辞書には「くじける」とある。「〃山河在〃とはいへ」という前書が示すように、「芒」に「亡国」の想いを重ね合わせた敗れた祖国への哀傷歌である。

しかし、その後も創作欲は衰えず、老残の境遇から生まれる多数の心境句を残した。その中で、圧巻は死の前年に詠じた「化野《あだしの》十句」であろう。

宵闇や肉《しし》をごめきて骸おぼろ

嘴の汚穢《おえ》ぬぐふ鴉や春梢

八十五歳の老鴉の衰えぬ俳魂というよりも俳業の強さに驚かされる。或いは、王朝風の美をうたいあげることから始まった自らの俳歴を王朝のあだし野にみられる九相の変化を語ることによって完結させたのかも知れない。

掲出句は、東洋城が四十一歳で宮内省を退官した後につくられた。葉形、葉脈、葉色などに一切触れず、なかば土に化しつつある落葉を「様見えて」と形容したところに、虚子の客観写生とは一線を劃する東洋城の現実把握がみられる。土から生まれ土へかえる万物流転の様相を道端に落ちた一葉に見出したものである。だが、この句がつくられた背景を考えれば、かつては高位の官職にあった者がその地位を離れることによって、次第に人びとに忘れられ、ついには全く無名の存在となる……顕職を離れることによって人身に生ずる様相の変化を落葉に託して語っているともいえよう。「土になりゐる」のゐの字が新仮名では言いあらわせぬ時間の堆積を物語っている。

大北風《おおきた》にあらがふ鷹の富士指せり

亜浪

明治末から大正初年にかけては、当時全盛の碧梧桐の「新傾向俳句」に対して『ホトトギス』雑詠欄を舞台に虚子の反攻が開始された時期といわれる。だが、この十年間は、俳人たちの作品発表の場が新聞から俳句専門誌へと移行してゆく時期でもあった。村山古郷は、大正五（一九一六）年演ぜられた東洋城と虚子の「国民俳壇」選者交替劇にふれて、「俳句界の中心は『ホトトギス』に移りつつあった。いいかえれば、俳句界は新聞俳壇中心の時代から俳誌中心の時代に移ろうとしていた」と述べている。

実際、大正四（一九一五）年は新しい俳誌生誕の当り年で、碧梧桐の『海紅』、亜浪の『石楠』、東洋城の『渋柿』、乙字の『常磐木』が一斉に創刊され、青々の『寳船』を改題した『倦鳥』も刊行されている。翌年には水巴の『曲水』が創刊され、月斗の『カラタチ』

が『同人』として再出発した。

この創刊ブームには二つの理由があった。その一つは第一次世界大戦にともなう好景気によって出版事情が好転したこと。もう一つは子規門ないし子規に接した経験をもつ明治五―十五年生れの新派第一世代が三、四十代に達し、自らの弟子つまり第二世代を育成しようとする気運がたかまったことである。

いずれにせよ、この他にも、全国に多数の俳誌が生まれ、大正・昭和俳句史をいろどる多彩な人材を生みだした。これら俳誌はそれぞれ個性をもっていたが、その中で『石楠』は厳格な季語主義をとらずむしろ「自然感」を重視する、自由律ほど野放図ではないが、五・五・三や五・五・五・五の「広義の十七音」を許すなどの主張によって大正末から昭和にかけて幅広い読者をあつめた。

臼田亜浪《あろう》（一八七九―一九五一）は、長野県小諸町の出身。本名は卯一郎。俳号はこの卯と一をくずし合わせ、郎を浪に変えたものといわれている。十代で上京、苦学して明治三十七（一九〇四）年和仏法律学校（後の法政大学）を卒業後、雑誌編集にたずさわり、三十一歳でやまと新聞の編集長に抜擢された。在学中与謝野鉄幹の教えを請うたこともあり、〈人を恋ふる歌〉をそのまま体現したような快男児であった。

少年時代から旧派の俳諧に親しんだこともあって、

木曽路ゆく我れも旅人散る木の葉

のように月並と紙一重といった句をつくったが、それにとどまらず、

燈籠のわかれては寄る消えつつも

秋の夕日ひたと東寺の塔をうばふ

など、一読忘れがたい佳句を残している。

亜浪は、弟子の育成にも熱心で、『石楠』の掲載句を編集し、大正から昭和初年にかけて『炬火』、『黎明』、『山光』などの句集を刊行し、多数の俳人を世に送りだした。

誰が継ぐとなき漢籍の雪明り　良太

絵燈籠吊れば秋なり武蔵野は　耒井

籠の虫あゆみだす風の中　林火

燈ともせば闇はただよふ寒さとなれり　梵

後二句は、五・五・五と五・七・七、「広義の十七音」の作例である。

掲出句は、亜浪が昭和十五（一九四〇）年冬、伊豆の大仁で吟じたものである。激しい北風の吹き荒れる天空を一羽の鷹が強風にあらがいつつ飛翔している。おそらく、これは作者がその眼でみた実景であろう。だが、大仁付近の海岸からの富士はそれほど近くみえる訳ではなく、むしろ駿河湾をこえて遠望されるにすぎない。富士と鷹を一つの視界におさめることは難しい。したがって、「鷹の富士指せり」は虚構、というよりも作者の思いを表出したものであろう。高い理想をもとめ、幾度も逆風に押しもどされながらひたすら進む人間の意志を天翔ける鷹に託したと言ってよい。亜浪の壮大な気宇がうかがえる。或いは鉄幹の詩魂をそのまま俳句にうつしたというべきか、近代寓句の中でも稀にみる雄句といえよう。

昭和十五年は対米英開戦の一年前、紀元二千六百年の祝典が盛大にくりひろげられた年である。当時の読者の中には、この句に大東亜の盟主たらんとしてつき進む祖国の姿を読みとった若人もいなかった訳ではあるまい。だが、数年も経ぬうちに、彼らは、富士を目指して南海から飛翔してきたB29の爆撃によって祖国が焦土と化すのを目のあたりにしたのであった。理想主義は往々にして悲劇の様相を帯び、若干の可笑しさをともなう。特に、その理想が挫折した場合にそうである。

櫛買えば簪《かんざし》が媚びる夜寒かな

水巴

渡辺水巴《すいは》（一八八二―一九四六）は、代表作、

白日はわが霊なりし落葉かな

をはじめ、

かたまって薄き光の菫かな

雨そそぐ光の音の牡丹かな

など、幻視的象徴主義とでも言うべき作風で知られているが、明治末から大正初年にかけて江戸の遺風をとどめる東京下町の風俗を詠じた佳吟を多数のこした。

町灯りてはや売りにきぬ宝舟

昼寄席に晒井《さらしい》の声きこえけり

いささかの草市たちし灯かな

ぬかるみに踏まれて歯朶《しだ》や年の市

などは、その代表的作例といえる。一月の「宝舟」、七夕の前におこなわれた「晒井」、矢張七月の盂蘭盆にそなえる草花や品々を売る「草市」、そして十二月半ばから大晦日までたつ「年の市」……こうした年中行事のうち、特に前二者は老人の記憶からさえ消え失せてしまった。そのためこれらの句のもつ「情調」を味わうことはひどく難しくなっている。

宝舟は粗末な紙に七福神や金銀財宝をのせた宝舟と共に〈なかきよのとをのねふりのみなめさめなみのりふねのおとのよきかな〉（長き世の遠の眠りのみな目覚め波乗り舟の音の良きかな）という回文歌を刷り込んだもので、これを正月二日の夜枕の下に入れておけばよい初夢を見るという縁起物であった。最盛期は化政年間で、文明開化と共に急速にすたれて、明治末年には町内の子どもたちが売り手になっていた、その風習を詠んだものである。格別待ちわびるほどではないが、それでも「今年はいつ来るか」と気にかかる。そうした気分が「町灯りてはや」という表現に生かされている。

同様に、晒井とは江戸時代七月六日から七日正午にかけて戸毎におこなわれた井戸浚いのこと、水を汲み上げ掻いだして井戸底を天日に晒し側壁を洗う大がかりなもので、大名屋敷から商家、長屋の共同井戸までいっせいにおこなわれたといわれる。昼寄席というからには、かなり大きく格式もある小屋と思われるが、それでも七月の昼下がりともなれば客の数もまばらで、その閑散とした客席に近所で行われている晒井の物音や人声が風に乗ってきこえてくる……そんな残暑のけだるい雰囲気がよくうつしとられている。

草市や年の市は別として、こうした年中行事が果していつごろまで東京の市中に残っていたものか、実はあまりはっきりしない。

水巴は明治十五年の生まれ、樋口一葉の『たけくらべ』の美登利や真如とほぼ同年齢、また、夏目漱石の『三四郎』の登場人物三四郎や与次郎（それぞれ漱石の弟子の小宮豊隆と鈴木三重吉をモデルにしたといわれる）とも同世代に属する。つまり水巴は、これらの作品に描出された東京をリアルタイムで体験しているといえる。ただ、水巴は三四郎や与次郎とちがって生粋の東京下町育ちである。（水巴の父渡辺省亭はフランスに留学し若くして川合玉堂にその才能を認められた花鳥画の大家であり、美妙、逍遥、紅葉の小説の挿絵も描いている）その点では、四歳年上の鏑木清方や四歳年下の谷崎潤一郎と幼少年時代の記憶をわかちもっていた。

浅草に生れ育ち、日本橋浜町にも住んだことのある水巴にとって、こうした下町の年中行事は子供の頃から見慣れたものばかり、俳席で季題を与えられればただちにさまざまなイメージがうかんできたにちがいない。その意味でこれらの句は、実景を詠んだというよりも、水巴の記憶が生み出した回想ないし懐古の句というべきかもしれない。

掲出句も、こうした「夜寒」という季題によってよびおこされた回想句の一つであろうか。年の市でにぎわう町中の小物問屋でたった一人の妹のために櫛を買ったが、そばにあった花簪もほしくなった。その気持ちを言い換えて簪が「自分も買ってほしい」と呼びかけていると擬人的に表現したものである。現代風に言えば、クリスマスの贈り物にネックレスを選んだらそのかたわらに飾られているイヤリングが「自分も選んでほしい」とアピールしているとでもいうところであろう。

「媚びる」という言葉が「夜寒」とマッチしていかにも明治・大正時代らしい華やかであるがもの淋しい「情調」をかもしだしている。

「媚びる」から「アピール」へ、この句は同時に、明治・大正から昭和・平成へと一変した女性の社会的地位と彼女らの態度を物語っているようにも思われる。と同時に、アピールという言葉を使いながら、実は相変わらず媚びている女性経営者や政治家が少なからずいることをも思いおこさせてくれる。

暖かく掃きし墓前を去りがたし

蛇笏

飯田蛇笏《だこつ》（一八八五―一九六二）は本名武治、山梨県東八代郡境川村で代々地主をつとめる旧家の長男として生れた。学を志して上京、早稲田大学英文科に入学し、白蛇、幻骨その他の筆名で詩を発表するかたわら早稲田吟社に加わり句作にふけった。虚子に見出され、有名な「俳諧散心」に参加を許され、将来を嘱目されたが、明治四十二（一九〇九）年二十五歳で学業をなげうって故郷に帰った。失恋が原因ともいわれるが、たしかなことはわからない。

彼の故郷は笛吹川をこえて甲府盆地をのぞむ山腹にあり、いまでこそ交通便利になったが、新宿―甲府間の鉄道が開通するまでは、富士川を下らねば東京へ出られぬといった僻遠の地であった。この山峡の地に、たとえ苗字帯刀を許された名家とはいえ、一地主として生涯を送らねばならない。若い蛇笏は快々として楽しまぬ日々を送っていたが、虚子の俳諧復帰を契機にして句作を再開し、またたく間に俳名をあげ、鬼城、水巴、石鼎、普羅と共に大正初期の『ホトトギス』黄金時代を築きあげた。

季題にもとづき定型を守りつつ対象の主観的把握につとめる、これが蛇笏の句法であった。要するに、虚子の初期の作句態度をそのまま継承し、家郷に腰をすえて、壷中天ならぬ峡中天の世界を描きつくそうと試みたのである。蛇笏はこの手法と主題を変えることなく、七十八年の生涯にわたって墨守しつづけ、多数の秀句を生みだした。そして、大正七(一九一八)年『キララ』を改題した『雲母』の主幹となり、多数の弟子を育て、虚子山脈の中にありながら巍然《ぎぜん》としてそびえる雄峰をかたちづくった。

その代表作は、いうまでもなく、

芋の露連山影を正《ただし》うす

であろう。蛇笏の句はいつでも端然と正座を崩さない行儀正しさをもっているが、それに加えて、この句はある種の威風をただよわせている。山本健吉は、近代俳句の中でも立句《たてく》となるべき随一の名句と評したが、実際よほどの巧者でないかぎりこの発句に脇をつけら

れないにちがいない。この他、

雪山を匐《は》ひまはりゐる谺《こだま》かな

春蘭の花とりすつる雲の中

折りとりてはらりとおもき芒かな

くろがねの秋の風鈴鳴りにけり

いずれも「山廬」と名づけた居宅での日常生活を吟じたものであるが、その完成度の高さに驚かされる。この俳魂は晩年になってもおとろえず、遺稿句集『椿花集』には、

夏蝉のやさしからざる眸《め》の光り

犇々《ひしひし》と八重大輪のつばき咲く

寒雁のつぶらかな声地におちず

など、七十歳をすぎたとは思えぬみずみずしさをもつ句が収録されている。
掲出句は、昭和二十三（一九四八）年長男総一郎（鵬生）の墓参りでの感慨句。総一郎は十九年応召、同年レイテ島で戦死したが、その後音信不通のまま終戦をむかえ二十二年戦死者公報をうけとった。次男は既に十六年病没、二十三年三男もまた外蒙古で戦病死の報をうけた。この時蛇笏は六十四歳、本来ならば父の還暦を祝うために集う筈の子どもたちの相次ぐ非業の死に、さすが剛直な蛇笏も順逆の悲哀を嘆ぜざるを得なかったに相違ない。

甕に音をしづめて牡丹ちりはてぬ

翌年詠ぜられた句とともに、老俳人の味わった悲しみが伝わってくる……残された二人の男子のうち四男が既に一人の子のあった兄嫁と結婚し家を継いだ。それが、〈一月の川一月の谷の中〉で知られる飯田龍太である。

昭和三十一（一九五六）年九月、龍太の次女が急性小児麻痺でなくなった。

「満六歳であった。なきがらを柩におさめるとき父は、死んだ孫の草履と色鉛筆と鞄をそなえながら号泣した。それまでひとり、最後までこらえていたが、こらえられなかったのであろう」

と龍太は述懐している。

蛇笏とは山野に自生する薬草センブリの異名だと言われている。また、外形はヘビトンボに似ているがはるかに小さいセンブリ科の有翅昆虫のことだという説もある。

美しく芒の枯るる仔細かな

風生

富安風生《ふうせい》（一八八五―一九七八）は本名謙次、明治十八年愛知県に生れ、明治四十三（一九一〇）年東京帝国大学独法科を卒業後、逓信省に入り同省次官までのぼりつめた。昭和十二（一九三七）年五十二歳で退官後、日本放送協会理事などを歴任したが、戦後電波監理委員会委員長を最後に、自適生活に入り九十三歳の長寿をまっとうした。

俳句を始めたのは比較的遅く、大正七（一九一八）年福岡に在任中吉岡禅寺洞を通じて虚子の知遇を得て『ホトトギス』に投稿するようになった。その後大正十一（一九二二）年発足した東大俳句会に参加し、みずほ、秋桜子、誓子、青邨、素十など当時最先端をゆく若い俳人との交流を深め、昭和五（一九三〇）年逓信省内の文芸誌『若葉』の編集をひきうけ、俳誌として再出発させ、ほぼ半世紀にわたり主宰して清崎敏郎はじめ多くの弟子を育てた。

句集は第一句集『草の花』のほか十数冊をかぞえ、随筆集、俳話集もある。中でも『日本秀句』十巻のうちの『大正秀句』は名著の呼び声が高く、内藤鳴雪から橋本夢道まで六十名の俳人をとりあげ、代表作を鑑賞したものであるが、風生八十歳の執筆ということもあり、その自在な語り口にひきつけられる。

風生が虚子を生涯の師として敬愛していたことはまちがいない。また、若き日の風生が写生に徹せんと努力したことも事実であろう。だが、そうするには彼の人生経験はあまりにも豊かであった。実際、彼の本領は自然を対象にした写生句よりも丸の内界隈の新世相を題材にした人事句や人生の節目での感慨句や挨拶句にあった。この傾向は、戦後風生があらゆる公職をはなれ自由の身になって一層つよまり、ついには「老境句」とでも呼んでよい一種の境涯句として結実することになった。


老ひぬと思ひ否とも思ふ年迎ふ　　六十九歳

数え七十歳、古稀にあたっての感慨句で、老いをむかえてのゆれる心境を素直に言いなしたものである。虚子は風生の古稀に〈老櫻各々形つくりけり〉という句を贈っているので、或いは、この挨拶句に触発されたものかもしれない。

粥柱しづかに老を養はむ　　七十一歳

七十一歳の歳旦句、粥柱とは正月十五日の朝つくる小豆粥にいれる餅のことで、食べると一年の邪気を払うといわれた。

枯芝に老後のごとくさす日かな　　七十六歳

傘寿わがいと愛づる色に岩菲《がんぴ》の朱　　八十二歳

岩菲とはナデシコ科の野草で初夏黄赤色の素朴な花をつける。風生は当時山中湖畔で夏を過ごすことが多く、別荘の庭先か散歩の道端に咲いていたものであろう。こうした一連の楽老とも言える境地から鳩寿（卆寿の卆を嫌った風生の造語）に近くなると、

種持って老をうべなひうべなはず　　八十六歳

再び古稀と同じ心境にもどっているのもおもしろい。
だが、圧巻は何といっても鳩寿以降の作品群、

白牡丹の白を窮めて光かな　　九十一歳

しみじみと年の港といひなせる　　九十二歳

これは、俳人協会発行の自註現代俳句シリーズ『富安風生集』におさめられた自選三百句の掉尾をかざる句であり、「〃年の港〃といふ語を歳時記に得た。誦し飽かず」とある。「年の港（湊）」とは年末をさす季語であるが、風生はこの言葉に人生の終泊地をも重ね合わせていたのであろう。

そして、九十三歳の余韻漂渺《ひょうびょう》たる諸作、

何か居り何も居らざる春の闇

見つめをる月より何かこぼれけり

年歩むその大いなるうしろ影

掲出句は、昭和三十七（一九六二）年暮、ひらかれた久保田万太郎の「いとう句会」の忘年句会で、高得点を得たといわれる。

仔細は委細や詳細と同じ、こまかないわれやいきさつを意味する。電報の定型文に「サイフミ」とあるように、一昔以前の人びとには耳慣れた言葉であったが、他人に言えぬ秘事の匂いもあり、言うに言われぬといった微妙なニュアンスもふくまれていた。そうした日常語をもちいて、下五を「仔細かな」とくくったところが眼目で、徳川夢声、久米正雄、高田保、伊志井寛、宮田重雄、五所平之助などいとう会の錚々たるメンバーも七十七歳翁の示したこの手腕には目を瞠る思いがしたにちがいない。

唖蝉も鳴く蝉ほどはいるならむ

青邨

「調べ」といえば、和歌の音調を俳句にとりいれようとした昭和初期の水原秋桜子の試みを思いうかべる読者も多いのではあるまいか。秋桜子の「調べ」は、彼が師の窪田空穂《うつぼ》から学んだもので、言葉の意味やニュアンスをも含む広義の概念である。だが、純粋に音律のみを考えるならば、栂尾高山寺の明恵《みょうえ》上人の歌をあげなければなるまい。

あかあかや　あかあかあかや　あかあかや
あかあかあかや　あかあかや月

これを更に極端なものにすれば次の歌が得られる。

はははははははははははははははははは
はははははははははははははははははは

この三十一音を口誦ないし黙誦することによって、誰もが共通にある種のリズム感を味わうことができる。これが最も素朴な短歌の音律であるといえよう。

同様に五七五、十七音を口ずさむことによって俳句の素朴な音律が生れると思われる。実際、多くの人びとが、前述の上三句を、〈ははは・はは・は、はは・はは・はは・は、はは・はは・は〉と区切って誦むにちがいない。これに二音＝一拍の拍子をつければ、〈トントントン、トントントントン、トントントン〉となろう。久保田万太郎の〈竹馬やいろはにほへとちりぢりに〉の名調子はまさにこの音律から生れたものといえる。勿論、音律にはこの他にさまざまなヴァリエーションが考えられ、例えば、下五を〈トントトン〉とすれば芭蕉の〈この道や行く人なしに秋の暮〉が得られる。面白いことに子規の〈鶏頭の一四五本もありぬべし〉も同類である。

素人の音律談義はこのくらいにして、昭和初期の俳人の中で、この意味での秀れた音感の持主はとたずねれば、多くの人々が青邨《せいそん》をあげるのではなかろうか。

山口青邨（一八九二―一九八八）は本名吉郎、岩手県盛岡市に生れ、東京帝国大学工科を卒業後大学に残り、大正十（一九二一）年工学部助教授に就任した。東大俳句会のメンバーとしても活躍し、昭和俳壇史に残る秋桜子・素十・青畝・誓子をさす「四S《しいえす》時代」という呼称は、彼の「東に秋素の二Sあり！　西に青誓の二Sあり！」という名言に由来する。こう言うと、いかにも能弁のように聞こえるが、実際は至極寡黙で、大学教授らしい理知的な容貌と振舞で知られた人物であったという。青邨ははじめ写生文で有名になったが、

菊咲けり陶淵明の菊咲けり

銀杏散るまっただ中に法科あり

外套の裏は緋なりき明治の雪

など、独特なリズム感を持つ佳吟で知られるようになった。特に最後の句は、草田男の〈降る雪や明治は遠くなりにけり〉とともに、明治生れにかぎらずある年齢に達した人々にと

っては、一読忘れ得ぬ名句といえる。

この軽妙なリズム感のためにかえって青邨は過少評価されがちであったが、その後、年齢を重ねるにつれて、

葉の中に沈みて眠る夜の牡丹

きしきしと牡丹莟をゆるめつつ

など独自の句境を深め、最晩年の九十五歳、かろやかな音律をもつ平明自在な〈牡丹の芽に雪が降る雨が降る〉にいたった。

掲出句は昭和二十八（一九五三）年青邨六十一歳の作品である。長年通いつづけた本郷を去り自適生活に入ったばかりの盛夏であろうか。はじめは、これも一興と楽しんでいた蝉時雨だが、連日飽きもせず、朝から晩方まで鳴き続ける。そのあまりの騒々しさに辟易し、「鳴かぬ蝉（メス）もいる筈だが」とぼやいてみせたものであろう。青邨のことだから実感をそのまま句にしたものと思われるが、何となく、世論の旗色がわるくなると政治家のもちだしてくる「サイレント・マジョリティ」を思いおこさせる可笑しさをもってい

る。

現在、eメイルやケイタイなど個人的通信メディアが急速に普及し、その社会的機能を拡大しつつある中で、雄弁で饒舌な大衆とでも呼んでよい人びとが現われている。「物言わぬ大衆」がマスメディア時代の産物であり二十世紀の残象であるのに対し、この「発言する個人群」はあきらかに二十一世紀的「初象」といえる。

今後ますます政治家、経営者、NPOの指導者は、夏の蝉のように騒がしい投票者、消費者、ボランティアの言動に直面し、その対処に知恵をしぼることになりそうである。

唖蟬も来て聴聞す明恵伝　　秋桜子

大榾《ほだ》をかへせば裏は一面火

素十

子規門の双璧とうたわれた碧梧桐と虚子は一歳ちがい、明治末期一時は新傾向俳句をとなえた碧梧桐が俳界を席捲したが、大正・昭和期俳壇の指導権は守旧派を表明する虚子の手に帰した。同様に、虚子門の中でも「東の二S」と称せられた秋桜子と素十《すじゅう》も一歳ちがい、結局『ホトトギス』の編集は年少の素十にゆだねられた。と言うと、いかにも因縁めいた話に聞こえるが、所詮はありふれた同門同期の争いということなのかも知れない。ただ、碧梧桐と虚子の抗争が子規の没後顕在化したのに対し、秋桜子と素十の対立は虚子が生きているうち、それも壮健時の師の膝下で生じたものである。それだけに、当事者はもとより関係者にとっても、その仔細を語ることは難しいものがあったにちがいない。

秋桜子には、名著といわれる『高浜虚子』があり、村山古郷、倉橋羊村その他によって秋桜子が『ホトトギス』を離脱する前後についてはある程度事実関係を知ることができるが、肝腎の虚子自身の心理については推察する以外ない。

高野素十（一八九三―一九七六）は本名与巳《よしみ》。北関東の茨城県、それも福島県に近い辺鄙な農村に生れた。地元の小学校を終えた後、新潟県在住の叔父のもとに寄寓し、長岡中学、一高を経て、大正九（一九二〇）年東京帝国大学医学部を卒業、同大血清化学研究室に入り、そこで秋桜子と知り合い、俳句をつくり始めた。一高野球部の捕手をつとめると共に晶子や白秋の歌集を愛読する文学青年でもあった秋桜子に比べ、素十は文学的素養はあまりなく陸上競技を好むスポーツ青年であった。それだけに、はじめて接する虚子の「客観写生」論を素直にうけ入れ、真摯に作句にとりくむ愚直さをもっていた。

素十といえば、昭和二（一九二七）年虚子とともに京都の名跡めぐりをした際、龍安寺の石庭をうたった名吟、

方丈の大庇より春の蝶

が思いおこされる。だが、同じ年の暮、寂光院で詠ぜられた次の句も忘れ難い味をもつ。

翠黛《すいたい》の時雨いよ〳〵はなやかに

この日、素十は、虚子にしたがって大原の寂光院を訪れ、方丈から時雨降る中『平家物語』にでてくる翠黛の山を眺めていたが、一瞬雲間から夕日が射しあたり一面を黄金色に染めあげ、山が七彩の簾《すだれ》をかけたかのように輝いてみえた。思わず素十は「はなやかですね」と感嘆の声をもらしたが、その「一言を虚子は晴天の霹靂《へきれき》と感じた」と沢木欣一は述べている。

当時の大原は、俗化した現在からは想像できぬほど静かで淋しい場所であった。その閑寂の極みともいうべき寂光院での素十の発言に、虚子はわび・さびとは全く異なった美意識と感覚をもつ若い世代が育っていることを痛感したのであった。既に、虚子はこうした新感覚を秋桜子に見出していた。だが、これを彼のもつ稀有の資質と考えていた。素十との会話から、それが彼ら世代に共通なものであることに気づき、虚子は写生を通じこの感覚を練磨することによって新しい大衆文藝としての俳句の世界をひろげることができると確信したのであった。

実際、その翌年、虚子は「秋桜子と素十」と題する講演で両者を比較論評し、これに次ぐ講演で青邨が彼らを「二S」と称したことによって、素十は秋桜子と肩をならべ虚子門を代表する存在とみなされることになったのである。

その後、秋桜子は『ホトトギス』を去り、『馬酔木』に拠り、青畝、誓子もまた独自の途を歩むが、一人素十のみは虚子のもとを離れず、写生を通じて主客一如の句境に至る虚子の教えを守りつづけたのであった。

花吹雪すさまじかりし天地かな

昭和三十四（一九五九）年四月八日、桜の花の咲き乱れる鎌倉の草庵で、虚子は八十五年にわたる生涯を閉じたが、これはその後十年を経てつくられた追悼句である。素十七十六歳で到達した句境を語るものとして興味深い。

掲出句は、昭和十二（一九三七）年素十が新潟医科大学に勤務していた頃の作品である。榾《ほだ》や粗朶《そだ》はいまでは死語に近いが、かつては身近な言葉の一つであった。そだが細い小枝をさすのに対し、ほだはやや太い、中には幹や切株のようなものもあった。それだけになかなか燃えつかず燻りつづける。しびれをきらして、火箸で動かすと、真っ赤な火が激しく燃えさかり、熱気がいどむように頬をうつのに驚かされる。素十のことだから、炉辺の経験をそのまま句にしたものであろう。

だが、昭和十二年といえば、盧溝橋事件を契機として支那事変がいよいよ本格的な戦争の様相を呈し始めた年である。大陸の戦火がもはや消し止められぬほど燃え拡がった時期とも言ってよい。こうした時代背景を考え合わせてみると、この句は、単なる写生句に止まらず、大いなる寓意を秘めている警世の句ともみえるのである。

枯蓮のうごく時来てみなうごく

三鬼

西東三鬼《さいとうさんき》（一九〇〇―一九六二）本名斎藤敬直は、岡山県津市の出身で大正十四（一九二五）年日本歯科専門学校を卒業後、直ちに結婚、日本郵船に勤めていた長兄をたよってシンガポールに渡り歯科医を開業した。当時のシンガポールは大英帝国の植民地、白人たちは瀟洒な建物と美しい芝生のひろがるクラブで、昼間はテニス、ゴルフ、ポロに興じ、夜はパーティーを楽しむ生活をつづけていた。そこで新婚生活をすごした三鬼はごく自然にゴルフ、ダンス、それにレディーファーストなどの作法を身につけた。

だが、あまりに遊びに精出して医業を怠り、昭和三（一九二八）年医院を閉じて帰国、いくつかの総合病院の歯科部長を経て大森で歯科医を開業した。俳句は同僚の医師や患者に誘われて始めたといわれるが、昭和九（一九三四）年、創刊したばかりの『走馬燈』同

人となり、『馬酔木』、『京大俳句』に投句、たちまち頭角をあらわした。いうまでもなく、それは、彼の初期の作品、

小脳をひやし小さき魚をみる

水枕ガバリと寒い海がある

などにみられる斬新な句風が人びとを驚かせたためである。また、三鬼は独特の人間的魅力と説得力をもっており、新興俳句系小俳誌の同人をメンバーとする『新俳句会』をたちあげ、一躍新興俳句の旗手とみなされるにいたった。その後、平畑静塔の紹介で『京大俳句会』同人となり、昭和十五（一九四〇）年には石橋辰之助、杉村聖林子、水谷昭、渡辺白泉、東《ひがし》京三（秋元不死男）などと新興俳句の総合誌『天香』を創刊したが、同年五月京大俳句事件で辰之助、聖林子、昭、白泉が一斉検挙されたため（三鬼は八月、東は翌年二月検挙された）三号で終刊となった。事件後、三鬼は単身東京をはなれ、神戸で戦時中を過ごしたが、戦後いちはやく活動を再開し、昭和二十三（一九四八）年山口誓子主宰の『天狼』を創刊した。

三鬼の俳歴は、昭和初年の新興俳句期、昭和十年代の戦争想望俳句期、戦中・戦後の『夜の桃』期、それ以降の四期に大別される。いま各期の代表作をならべてみると次のようになる。

緑陰に三人の老婆わらへりき

機関銃天ニ群ガリ相対ス

寒燈の一つ一つよ国敗れ

犬の蚤寒き砂丘に飛び出せり

穴掘りの脳天が見え雪ちらつく

「寒燈の」を境にして、戦前、戦後にわかれるが、いずれも三鬼の並々ならぬ才気と技倆をうかがわせるに足る作品である。これらはいずれも発表される度はげしい毀誉褒貶にさらされたが、処女句集『旗』（昭和十五年）の自序に「私の俳句を憎んだ人々に、愛した人々にこの句集を捧げる」とあるように、三鬼自身それを楽しむ、というよりも自句をめぐって生ずる論争を期待して作句するところがあった。一部の読者が彼の作品に一種のうさんくささを感ずるのはそのためといえよう。

掲出句は、『天狼』の発足にさきがけて、三鬼が静塔と共に誓子の秘蔵弟子であった閨秀作家橋本多佳子を奈良の日吉館に誘ってはじめた句会での作品である。自註によれば、薬師寺境内の小さな蓮池で「カトリックの尼僧」であるかのようにうなだれていた多数の枯蓮があるかなきかの風にうながされてある時一斉に動き出した光景を見てつくったものという。「みならごく」と言っても一定の方向をむいて動く訳ではなく、むしろ一本々々が勝手な方向に首を回している。そこに目をつけたところに戦時下の一辺倒社会をくぐりぬけてきた個人主義者三鬼の面目があるといえよう。同じ頃京都西芳寺でつくられた荻原井泉水《せいせんすい》の、

鯉つどいをり秋しずかにむきむきにおり

と共に、その寓意を味わいたい。

のぼりゆく草ほそりゆくてんと虫

草田男

草田男《くさたお》は加藤秋邨、石田波郷とともに「人間探求派」と呼ばれ、花鳥諷詠、客観写生をたてまえとする「ホトトギス」派に哲学的思索という新風を吹きこんだ俳人として知られている。もともとこの呼称は、昭和十四（一九三九）年『俳句研究』の座談会の出席者、草田男、秋邨、波郷、梵ら四人の作風を、司会の山本健吉がそう呼んだものである。その後、梵がぬけおちて、もっぱら草秋波三人を並称するにもちいられた。だが、波郷と梵はともに大正生れで草田男や秋邨とは若干世代的に相違し、作品もリリカルな色彩が濃い。これに対し、草田男と秋邨は明治生れ、ともに晩熟の学生であり、その後教職についたという点でも似ている。

中村草田男（一九〇一—一九八三）は本名清一郎、清国廈門にあった日本領事館に勤務していた中村修の長男として生まれた。三歳の時父のニューヨーク赴任にあたって、母にともなわれて帰国し、松山中学校、旧制松山高等学校を経て東京帝国大学文学部独文科に入学した。その後国文科にうつり、昭和八(一九三三)年に卒業、ただちに成蹊学園に就職し、七年制の旧制成蹊高校を経て成蹊大学教授となった。

こう書くと、いかにも順調な学生生活を送ったように聞こえるが、実は蹉跌の連続で、神経衰弱による休学や浪人生活で四年間を空費した上、大学での独文から国文への転科もあって、中学入学から大学卒業まで実に二十年の歳月をついやしている。通常は二十四、五歳で卒業する大学を数えで三十四歳で卒業した訳で、まさに晩熟としか言いようのない学生生活を送ったといえよう(ちなみに、同年齢の日野草城は二十五歳、山口誓子は大学で一年休学したが二十六歳で卒業している)。

これには何事にも悠長な故郷松山の人びとも業をにやしたらしい。本来一家の主としての責をになうべき長男でありながら、愚図愚図と万年学生をつづける清一郎に対し、親戚の一人が面とむかって「お前は腐った男だ」ときめつけたことがあった。草田男の三女弓子は、これにふれて、「父はその時『俺は確かに腐った男かもしれん。だが、そう出ん男なのだぞ』と内心思い、受けた侮辱と、それに対抗する自負心の双方を、訓読みと音読みであらわす〈草田男〉の名を俳号とした」と述べている。

実際、当時の草田男は、こうした批判がそのままあてはまる、早熟な学友にかこまれて高望みはしたものの自信がなく、進路をきめかねている未熟な青年にすぎなかった。ドイツ哲学やロシア文学などの読書遍歴と結びつけて語られる若き草田男の思索的彷徨も、要するに、当時の彼にとってニーチェやドストエフスキーは少々荷が重すぎたということにつきるであろう（このことは、草田男にかぎらず大正・昭和初期のほとんどの旧制高校生や大学生にあてはまる）。

だが、幸いなことに、間もなく草田男はより身の丈に合った二人の先人、斎藤茂吉と高村光太郎にめぐり会い、自らの「道」を見出すことになる。〈あかあかと一本の道とほりたり　たまきはる我が命なりけり〉茂吉が師伊藤左千夫の死にあたってその心情を吐露したこの一首によって、草田男は自分にもすすむべき一本の道があり、この道を歩むことが自らの宿命であることを自覚したのであった。

同様に、草田男は、光太郎の〈僕の前に道はない／僕の後ろに道は出来る〉という「道程」の一節によって、「宿命」とは異なる自らの意志できりひらく「生」の道のあることを知らされる。

もともと大正の教養主義の衣の下に明治の修養主義の鎧の透けて見える草田男にとって、超人や永劫回帰に比べ、〝求道〟の方がはるかになじみ易いものであったことはまちがい

ない。事実、草田男は、この「道」への関心を自身の内奥で時間をかけて熟成してゆく。終戦直後の、

深雪道来し方行方相似たり

はたはたや退路絶たれて道初まる

や、晩年を代表する、

真直ぐ往《ゆ》けと白痴が指しぬ秋の道

はその試みが結実したものとみてよいだろう。

掲出句は草田男の初期の作品である。細長く弓なりにそりかえった草の葉の表面をゆっくりとてんと虫がのぼってゆく。のぼるにつれて葉はさらに細くなるが、かまわず虫はのぼりつづける。ある一点をこえたら支えを失って落下するにちがいない。「のぼりゆく」と「ほそりゆく」の二つの「ゆく」を重ねることによって、小さな世界で生じている不可

避的な破局への進行が暗示される。神の眼をもちだすまでもなく、はた目には自明にみえる結末が本人にはみえないことがままある。しかし、てんと虫は葉先にたどりつく寸前にふっと空中へ飛び去ってゆくかも知れない……とすると、当事者とは、第三者にはわからないテロス（結果）をみることができる眼をそなえた人びとのことだとも言い得よう。

走る露あやふくとまる葉先かな　　閑斉

海に出て木枯帰るところなし

誓子

「誓子氏の俳句に始めて接したのは、大正の終り、慶応にはいったばかりのころである。（中略）秋桜子、誓子、青畝、それにやや遅れて加わった素十の四氏とも虚子選雑詠欄の巻頭を競い合い、それぞれの個性を際やかに発揮し、それらは他の俳人たちの句とまぎれようもない斬新さを示していた」。

昭和五十五（一九八〇）年山本健吉は当時を回想してこう述べている。

山口誓子《せいし》（一九〇一―一九九四）は明治三十四年京都に生れた。本名新比古《ちかひこ》はなかなか読みにくいが、祖父新太郎、父新助を継いだものであろう。外祖父にともなわれて樺太に渡り少年期を過し、京都一中、三高を経て東大法学部に入り、大正十五＝昭和元（一九二六）年卒業後、大阪の民間企業に入社したが、胸部疾患が悪化して休職、二年間の療養を経て、昭和十七（一九四二）年退社、以降闘病と句作を専らとする生活に入った。

　誓子は小学生の頃から俳句に親しみ、三高で京大三高俳句会に入会し、秋桜子、青邨、素十などと親交を深めると共に高浜虚子に直接指導をうけた。特に、秋桜子には親しく兄事し、これが後に『馬酔木』に参加し新興俳句の先駆をつとめる契機となった。戦後、西東三鬼、橋本多佳子、橋本冬一郎の懇請をうけて、昭和二十三（一九四八）年創刊された俳誌『天狼』を主宰した。

　この華やかな俳歴からもうかがえるように、誓子は現代俳句の草創期、秋桜子と共にこれを先導する役割をになった。スキー、ラグビー、キャンプなど学生生活をいろどるスポーツ用語、馬柵、飼屋、鉄鎖、汽笛、運河など、当時の農村と都市を描写する語群の採用、晩稲《おくて》刈《がり》や鰊《にしん》群来《くき》など新しい季語の探求、和歌にならった連作の試み、秋桜子と誓子に共通の「斬新性」はいくつもあげられる。

　だが何と言っても、最大の共通点は、彼らが従来の俳人たちとは異なる視覚像をもち、その言語化に成功したことであろう。彼らは、当時全盛をきわめる『ホトトギス』の中核にいて、周囲の人びととは異質の「眼」をもつことにとまどい、その眼でみた新しい「現実」を有季定型句として表現することに苦慮していたのである。

　しかし、同じ新しい「眼」とは言いながら、彼らの眼は微妙に異なり、したがってとらえられた現実も異なっていた。秋桜子が印象派の画風を好み、安井曾太郎や佐伯祐三の作品を愛好していたことはよく知られている。実際、秋桜子は洋画家の眼で風景をとらえた最初の俳人であった。これに対し、誓子の眼は画家よりもむしろ写真家のそれに似ていた。もともと彼は木村伊兵衛や小津安二郎と同世代、当時大衆のものとなりつつあったカメラ・アイをいちはやく身につけた世代に属していた。誓子の作風が即物的とか構成主義的とか言われたのはそのためであり、彼は映像処理の基本手法ともいうべきモンタージュやフォーカシングを最初に俳句の世界に導入した一人であった。

手袋の十本の指を深く組めり

は、その代表的作例であり、極端な簡略法を採用し、「手袋の十本の指」にのみ焦点をあて、「深く組めり」とつけ加えることによって清楚な若い女性を連想させる。その修辞の巧みさに驚かされる。当時、この句を東郷青児の絵にたとえた批評家がいたが、いまふりかえってみると、むしろルネ・マグリットを思いおこす人びとも少なくないのではあるまいか。画面の中央にただ深く組まれた手袋の十本の指のみがうかびあがり、その背後には誰もいない……不条理な不在とでも呼んでよいものを暗示する。

同様なフォーカシングは、

かりかりと蟷螂《とうろう》の蜂の皃《かほ》を食む

蟋蟀《こおろぎ》が深き地中を覗き込む

にもみられ、誓子独自の不気味な言語世界を創出している。この昆虫への凝視は、戦後もつづき、

蟷螂の眼の中までも枯れ尽くす

空蟬の背より胸腔覗かれる

など、誓子ならではの「昆虫記」をかたちづくることになる。

掲出句は第六句集『遠星』に掲載されたものである。この句集は昭和十九（一九四四）年十一月から二十（一九四五）年十一月迄の一ヶ年の作句をまとめ、昭和二十二（一九四

七）年刊行された。いわば誓子の「終戦句日記」である。この句は発表当時から論議を呼んだが、いうまでもなく、それは、この句が人びとに言水の〈こがらしの果はありけり海の音〉を想起させたからに他ならない。だが、もう一つ、人びとがこの句を戦争末期虚しく南海に散っていった多くの若人への挽歌とみたからであった。当時は、俳人たちの間でも戦争責任がかまびすしく問われ、特攻隊について語る者はただちに反動とみなされた時代である。この句を発表するにはそれなりの覚悟を要したと思われる。

昭和二十八（一九五三）年の『自作案内』で誓子は次のように述べている。

「木枯は陸を離れ、海の彼方を指して出て行ってしまった。木枯は行ったきりでもはや還って来ることはない。その木枯はかの片道特攻隊に劣らぬくらい哀れである」

第二次大戦が生んだ多くの寓句のうちでも屈指の秀句といえよう。

朝顔のルール下から下から咲き

夢道

『層雲』は、大正期尾崎放哉と種田山頭火という二人の放浪俳人をだしたことで知られているが、それだけでなく、昭和初期プロレタリア俳句を提唱、実践した俳人たち、栗林一石路、小沢武二、橋本夢道《むどう》、横山林二、神代籐平などを生んだ俳誌でもあった。『層雲』を創刊し後に主宰者となった荻原井泉水は早くから無季自由律を主張したためラディカルな人物のように思われるが、『おとぎの世界』に幾太郎という幼名で童謡を発表している。晩年の山村暮鳥の『雲』や『月夜の牡丹』に通ずるような詩心をもち、思想的にも保守的なヒューマニストであった。その門下から放哉や山頭火などの破滅型の人生を送った俳人や多数の反体制主義者が生れたのだからおもしろい。

橋本夢道（一九〇三—一九七四）本名淳一は四国徳島の生れ、高等小学校卒業後十五歳

で上京、深川の肥料問屋に丁稚奉公に入った。大正十二（一九二三）年二十歳で井泉水に師事、『層雲』に作品を発表していたが、先輩格の一石路の影響で次第に左翼的傾向をつよめ、昭和五（一九三〇）年『層雲』を離脱するにいたった。

周知のように、我国のプロレタリア文学運動は大正十（一九二一）年の『種播く人』の創刊から始まり、昭和三―四（一九二八―一九二九）年最盛期をむかえたが、その後激しい弾圧にさらされ、昭和八―九（一九三三―一九三四）年小林多喜二をはじめ多数の犠牲者と転向者をだして事実上終末を告げた。

こうした歴史をふまえ、いまふりかえってみると、一石路や夢道の行動はあまりに無謀、少なくとも時機を失していた。彼らはまさにドシャ降りの雨の中へ傘なしでとびだしていった子どものようなものであった。

『層雲』離脱と前後して、夢道には二つの転機が訪れていた。その一つは、二年間の恋愛を経て相愛の女性静子と結婚したこと。もう一つは、このことが勤め先の主人の怒りにふれ丁稚からつとめあげた職を失ったことである。幸い間もなく銀座の雑貨輸入商に再就職したが、薄給のため子どもをかかえての生活は苦しく、これが夢道を一層プロレタリア俳句運動へと傾斜させた。

渡満部隊をぶち込んでぐっとのめりだした動輪

昭和九（一九三四）年改造社から創刊された俳句総合誌『俳句研究』の依頼をうけて投稿した『渡満部隊十句』の一句であるが、過激な内容のために事前検閲で掲載不許可となったものである。

だが、その後再び転機が訪れる。勤めていた雑貨商が銀座に開店した甘味処「月ヶ瀬」のため、夢道は通常の蜜豆に餡をのせた「あんみつ」を考案し、これが大ヒットしたからである。それを宣伝するために作ったキャッチコピーの中にあったのが有名な一句、

蜜豆をギリシャの神は知らざりき

であった。実際この句をのせた市電のつり広告は大評判を得て、「月ヶ瀬」はたちまち銀座の名店としてその名を知られ、「あんみつ」も全国に普及することになった。

プロレタリア俳句から一転コマーシャル俳句へ、そのあまりの飛躍ぶりに驚かされる。だが、本来プロレタリア芸術運動においてあらゆる芸術は階級意識の浸透と革命意識の喚起を意図した民衆教化の道具にすぎない。このかぎりで宣撫と煽動を意図したプロパガン

ダと商品の普及、購買意欲の促進をはかる宣伝広告は、わずかひとまたぎの距離にあるといってよい。

この成功によって、夢道の生活はプロレタリアからプチブルへと変化するが、舞台はさらに暗転し、昭和十六（一九四一）年新興俳句弾圧事件の第二次検挙によって、夢道は治安維持法違反の容疑にもとづき拘置、起訴される。

うごけば寒い

二年にわたる拘置中のこれまた有名な獄中吟である。

夢道の句集は、戦後出版された三冊の句集『無礼なる妻』、『良妻愚母』、『無類の妻』にまとめられている。掲出句はその第二句集の冒頭の「朝顔五句」の中の一句である。

末生《うらな》りに対し本《もと》（元）生《な》りという言葉があるように、蔓性の植物は根元に近い方から花実をつける。この習性をルールと表記することによって、イデオロギッシュな寓句に仕立てたものである。

壺井繁治は「この句には、ほとんど説明するまでもなく、彼の思想が表現されている」と述べたあと、「一篇の詩、一つの句に、ただちにその作者の思想がくみとれることが、必ずしもいい作品だと断定できないし、この作品についていえば、作者の思想的ケルンを包む果肉がもう少し豊富であってほしかった」と苦言を呈している。つまり、その寓意があまりにあらわで余韻に欠けるということであろう。

たしかにその通りである。だが、「下から上へ」ではなく「下から下から」とくりかえしたところに、時には放埒と呼んでよいほど自由にふるまう自然の生命力に接した夢道の率直な驚きと喜びが感ぜられ、そこにもう一つの寓意があるようにも思われる。

時代より一歩先んじ蚊帳の外

郁乎

「俳詩人」とは中村草田男のためにつくられた呼称といわれる。詩人の眼と言語感覚をもつ俳人といった意味であろうが、加藤郁乎《いくや》（一九二九―）はまさにそうした冠称をあたえられるに相応しい存在といえよう。こうした言い方は、当然のことながら、詩人の眼や感覚は俳人のそれとはどうちがうのかという論議にまきこまれがちである。筑紫磐井は、『加藤郁乎俳句集成』の解説でたくみにこの話題をさけて、「郁乎はその作品を現代俳人文庫（砂子屋書房）でも現代詩文庫（新潮社）でも読むことのできる数少ない俳人・詩人である」と述べている。要するに、郁乎は、現代俳句、現代詩という二つの業界でそれなりの実力（顧客）をもつ句売人であり詩商人でもあるということであろう。

筑紫は、これに次いで、郁乎の俳句を〈俳句の枠組に俳句以外の言説を盛り込む〉という試みと規定した上で、「実際この定式に、西洋詩的言説を投げ込めば『球體感覚』『えくとぷらすま』が、駄洒落の言語の乱痴気騒ぎを投げ込めば『形而情學』『牧歌メロン』が、黄表紙・洒落本の言説を投げ込めば『出イクヤ記』『佳気颪』から『江戸櫻』『初昔』までのある基調音がうかがえるはずである」と主張している。

すべての定式化がそうであるように、この定式も単純化のきらいはあるが、それだけに明解であり、一見変幻自在、無節操にもみえる加藤郁乎の前衛俳人としての一貫性をよくとらえている。

多くの俳人は生涯にわたりその句風を変化させる。だが、それが郁乎ほど劇的におこなわれた例はあまりない。実際、『球體感覚』、『えくとぷらすま』、『形而情學』、『牧歌メロン』(何と蠱惑的で人騒がせな句集名であろうか!)にみられる、

煖房や地中海的皿の中

扉にまたとない大鴉もう還らない否が羣《む》れ

春はすすきの酸鼻歌でSさまのさみしさ

かはわっぱりスペロヘータる獅子吼かな

などの句風が、過度的な『出イクヤ記』、『佳気颪』を経たとはいえ、突然『江戸櫻』や『初昔』の、

寒さ橋築地とまりや雪の肌
大道の藝の細みや秋立ちぬ
ひとはだにほどよき燗や新小鰭
御秘蔵のむかしはしらず夜はまぐり
京風となる凩の仕出しかな

傘の雪おもげにかるく老いてけり

などに変化したのだから、読者が驚くのも無理はない。中には、郁乎老いたりと嘆く者も少くなかった。前述の定式化はこうした批判に対して郁乎の変らぬ前衛性をあらためて強調したものであろう。

郁乎の手法は既存の文藝作品を素材とする文章の切り貼り（言説の切断と接着）にある。それが極端にすすめられ、意味を喪失した言語的トラバガンツァに至ったのが『形而情學』や『牧歌メロン』であり、〈とりめのぶうめらんこりい子供部屋のコリドン〉に代表されるナンセンス句であろう。他方、これが西欧的近代文藝の教養の持主に意味を感じとれる範囲に止まっているのが『球體感覚』や『えくとぷらすま』であり、同様な試みが日本の近世文藝にむかえば『江戸櫻』と『初昔』の作品群が生まれると言ってよい。

掲出句は、そうした後期の作風による諷刺・警世句の一つである。語呂合せ、もじり、あてこすりなど、暗喩をもちいたパロディ、サタイア、アイロニーは郁乎の最も得意とする〈話法〉であるが、それが雑俳や狂句の水をくぐらせることによってさっぱりとしたおもむきをもつ句となった。芸術家は革新的であらねばならないが、それも行きすぎると孤独の悲哀を味わねばならぬ。つねに人より数歩先を歩みつづけた作者の俳画風な自画像といえる。

枯枝に烏合の衆のとまりけり

時めくと申すは野暮の狂ひ凧

淋しかれ世に投じたる七變化

作者の反ポピュリズムは老いてますます盛んと言わねばなるまい。

跋

本書を執筆した動機については、鳥居泰彦先生からいただいた「序にかえて」に明晰かつ詳細に語られている。多忙なスケジュールの中で懇切な序文を寄せてくださった旧友の変らぬ厚情に感謝したい。

本書におさめられた小文のほとんどは、私が鳥居塾長のもとで常任理事として慶應義塾運営の一端をにない、義塾を退職した後、森稔社長のもとでアカデミーヒルズ理事長として経営にたずさわっていた十年余の間に書きためたものである。

経営＝マネジメントといえば、なによりもまず企業や会社の経営を思いうかべるが、経営のカヴァーする範囲はそれだけでなく、国や自治体から始まって各種公益法人や団体、それに個々の世帯にまで及ぶ。つまり収支のあるところ必ず経営ありと言える。この他にも、大気・水圏にみられる地球規模での熱循環や生物の個体・細胞レベルの物質交換など、さまざまなレベルやタイプの異なる収支があって、われわれは、ようやくこれらの現象もまた重要な経営の一分野であることに気づき始めている。さらに、金銭上の収支だけでなく、人生の諸局面で生ずるさまざまな恩誼の授受や貸借を考えれば、人生そのものが経営の対象だといえる。実際、われわれは皆胸中に自分にしかわからないバランス・シートを持っており、その収支を合わせることに苦慮しているともいえよう。

その意味で、本書は、初老から次第に老境に近づく中で、そろそろ人生の決算書を書きあげねばならぬ一人の「経営者」が日々の所感を年来親しんできた俳諧や俳句に託して語ったものだともいえる。ここでは、江戸初期から現代まで、四十八名の近世俳人と十八名の近代俳人、都合六十六名の「経営寓句」を鑑賞しているが、その寓意は企業経営に止まらず、より広く国家や人生の経営に及んでいる（なかに寓句とはいえない感慨句や観想句の類が含まれているのはこのためである）。また、松永貞徳から加藤郁乎まで、俳人の生年順に並べてあるが、もとより通読さるべきものではなく、一篇々々独立しているものと考えて、どこから読み始めても、どこで読み終わっていただいても結構である。小閑を利して、随時拾い読みしてくだされば幸甚である。

本書収録のうち、いくつかの小文は平成八（一九九六）年から十（一九九八）年にかけて、梶本久夫氏編集の季刊誌『コーポレイト・デザイン』に連載された文章を修正、加筆したものである。転載を許可された同氏に感謝の意を表したい。また、私の判読しにくい手稿を活字化し度重なる修正に応じてくださった福原良子、津田真美子さん、本書刊行にあたっての業務を円滑にすすめてくださった森脇政子、野田桜子さんに心から御礼を申しあげたい。

最後に、草稿の段階で全篇を閲読し、誤字脱字を指摘し、表記その他について助言してくださった友人の早川浩氏、土野《ひじの》繁樹氏、また本書の出版を快く引き受けてくださった慶應義塾大学出版会の坂上弘会長、田谷良一社長両氏に深い感謝の意を表したい。

平成二十一年四月十八日

高橋潤二郎

高橋潤二郎（たかはし　じゅんじろう）
生　年　1936年。
学　歴　慶應義塾大学大学院経済学研究科博士課程修了。
専門分野　数理・計量地理学、地域開発。
職　歴　慶應義塾大学経済学部、環境情報学部教授、慶應義塾常任理事。東京大学、東北大学、イリノイ大学兼任講師、ケンブリッジ大学訪問研究員、財団法人地域開発研究所所長。アカデミーヒルズ理事長、現在慶應義塾大学名誉教授。
訳・著書　イェーツ『計量地理学序説』、サロー、ハイルブローナー『エコノミック・チャレンジ』、『斜陽都市』、『抽象的地表の原理』他多数。

鑑賞　経営寓句

2009年6月30日　初版第1刷発行
2009年10月20日　初版第2刷発行

著　者―――――高橋潤二郎
発行者―――――坂上　弘
発行所―――――慶應義塾大学出版会株式会社
〒108-8346　東京都港区三田2-19-30
TEL〔編集部〕03-3451-0931
〔営業部〕03-3451-3584〈ご注文〉
〔　〃　〕03-3451-6926
FAX〔営業部〕03-3451-3122
振替　00190-8-155497
http://www.keio-up.co.jp/
装　丁―――――巖谷純介
印刷・製本――株式会社加藤文明社
カバー印刷――株式会社太平印刷社

Printed in Japan　ISBN 978-4-7664-1652-7